삶에 대한 옹호

삶에 대한 옹호

강효정 박수정 이명신
이수정 함지연 황아라

ㅊㄴㅁ

안녕하세요, 저는 1인출판사 책나물을 꾸려가고 있는 김화영입니다. 저는 2024년 '함께 첫 책' 프로젝트를 진행했어요. 세상엔 책을 내고 싶어 하는 사람들이 많고, 그중엔 좋은 글을 쓰는 사람들도 많으니까, 그런 사람들의 글을 모아 전자책으로 출간해보자, 했습니다. 그렇게 여섯 명의 여성이 모였습니다. 한 분을 제외하고는 모두 책을 내본 경험이 없었어요. '내가 좋아하는 것'을 주제로 작가님들이 에세이를 쓰고, 편집자인 제가 피드백을 드리고, 그 피드백을 참고하여 작가님이 다시 고쳐 쓰고…… 그렇게 차근차근 원고가 쌓였습니다. 그 이야기들이 모여 그해 가을 전자책 〈좋아한다고 말하고 싶습니다〉로 출간되었지요. 우리만의 출간기념회가 있던 날, 맛있는 음식을 나눠 먹으며 각자의 글을 낭독하던 시간은 어쩐지 제겐 뭉클하게 다가오기도 했습니다.

시간이 흘러 2025년, 그때 그 사람들이 다시 뭉쳤습니다. 새롭게 합류한 사람도 있고요. 첫 전자책 〈좋아한다고 말하고 싶습니다〉를 출간한 이후 글쓰기와 멀어진 사람도 있었고, 여전히 글을 쓰는 사람도 있었고, 출판사를 차려 자신의 책을 낸 사람도 있었습니다. 상황은 달랐지만 모두의 마음속에는 쓰고 싶다는 열망이 있었지요. 우리는 다시 용기를 냈습니다. 2026년을 열며 새롭게 전자책 〈삶에 대한 옹호〉를 출간했습니다. 전자책 〈삶에 대한 옹호〉에 수록된 글들 중 일부를 모아 이렇게 종이책으로도 펴낼 수 있어서 기쁩니다.

'삶을 옹호하는 글쓰기' 개념은 은유 작가님의 글에서 처음 봤어요. 여섯 작가님의 글을 읽으면서 서로 다른 색깔의 목소리들이 '삶에 대한 옹호'라는 말 속에서 하나가 되는 느낌이었습니다. 작가님들의 글을 읽으며 저마다의 삶을 옹호하고 있구나, 절절하게 다가왔습니다. 책 제목을 '삶에 대한 옹호'로 정하고 은유 작가님께 메일을 드리기도 했어요. 작가님은 감사하게도 '삶에 대한 옹호'를 제목으로 쓰는 게 영광이라며 널리 사랑받는 책이 되길 바란다는 응원의 말씀을 해주셨습니다.

자신의 삶을 옹호하는 마음으로 오늘도 글을 쓰는 여성들을 감히 저도 옹호합니다. 저 역시 그런 여성에 포함되기도 하고요. 그럼 부디 이 책에서 마음에 와닿는 무언가를 마주칠 수 있기를 바랍니다.

강효정

박수정

이수정

이명신

함지연

황아라

강효정

돈, 시간, 건강이 모두 허락되는 때를 꿈꾸는 여자 사람.
이 세 가지가 완벽한 세모를 이루는 날이 온다면
오롯이 나에게만 집중된 삶을 살아보고 싶다고 생각한다.

세심한 관찰자의 글쓰기

안녕하세요? 소금마을 수다방입니다.

마지막 방송 파일 보냅니다.

그동안 감사했습니다.

나는 마포FM에 마지막 방송 파일을 보내면서 무엇이라고 쓸까 고민하다가 담백하게 감사 인사만 했다. 할 만큼 했다고 생각해서일까, 크게 미련은 없었다. 다만 할머니가 되어서도 이 자리를 지키자며 농담인 듯 진심을 담아서 했던 우리의 멘트가 더 이상 현재 진행형이 아니라는 것이 아쉬울 뿐. 그렇게 우리의 방송은 117회로 마무리되었다.

6년 전 H가 내게 '공동체라디오교실'에서 교육을 한번 받아보라고 권했다. 서너 명 정도 팀을 만들어서 가면 좋겠다고 해서 뭔지도 모르면서 알음알음 사람을 모았다. 마포로 이사 온지 얼마 되지 않아서 아는 사람도 별로 없었는데 나를 포함해서 네 명으로 구성된 팀이 만들어진 걸 보면 운명이었나 싶기도 하다. 교육 끝에 1회분 방송을 만들면 되는 줄 알았는데 교육의 주체였던 마포FM에서는 동마을라디오 중 하나로 자리잡기를 원했고, 우리는 어떻게든 되겠지 하는 심정으로 2주에한 번씩 방송을 만들기로 결정했다. 내가 사는 마포구를 대표하는 지역 라디오가 있다는 것도 몰랐고 동마을라디오라는 것은 더더욱 생소했지만 한 회 한 회 방송을 만들다 보니 어느새6년이 흘렀다. 6년간 한 번도 빠지지 않고 방송을 했던 것은 아니다. 사정이 있으면 한두 주 미루기도 하고, 여기에 쏟을 에너지가 모자란다 싶으면 두어 달 쉬어가기도 했다. 이쯤 했으면됐다고 놓아버릴 법도 한데 상황이 되는대로 계속 이어나갔던것은 어느새 '소금마을 수다방'이라는 프로그램이 언제든 돌아갈 수 있는 집과 같은 존재가 되어버렸기 때문인 것 같다. 동마을라디오는 내가 거주하는 동네의 이야기를 다루는 프로그램이다. 그렇기에 오랜 시간 방송을 이어갈 만큼 동네 이야기가 있는지 궁금해하는 사람들이 있었다. 내가 만약 방송을 하지 않았다면 몰랐을 것이다. 익숙한 동네도 관심을 갖는 만큼 보인다는 것을 말이다. 작은 변화를 알아챈다 할지라도 그것을 소재로 삼아 이야기를 만들어낼 수 있다는 것도. 마지막 방송을 녹음하면서 우리는 6년의 시간이 각자에게 남긴 것은 무엇인지 이야기를 나누었는데, 나는 첫 번째는 내가 세심한 관찰자가 되었다는 것, 두 번째는 '책나물'을 만난 것이라고 했다.

2024년 2월, 마포FM에서 '각양각책'이라는 독립출판 작가, 출판사들을 위한 행사를 주최했다. 나는 행사 기간 동안 부커들과 함께하는 실시간 라디오 프로그램에 DJ로 참여하게 되었고 그때 '책덕'과 '느린서재'의 대표님을 알게 되었다. 그 인연으로 두 출판사의 인스타그램 팔로잉을 하고 보니 알고리즘에 의해서 1인 출판사 피드들이 뜨기 시작했고 책나물에서 진행하는 '전자책 만들기 프로젝트'에 눈이 번쩍 뜨였다. 퇴사를 하고 채 한 달도 지나지 않은 시점이었다. 그다지 아름다운 마무리는 아니었기에 마음이 붕 떠 있는 상태에서 본 책나물의 피드는 여기로 와서 잠시 쉬어가라고 손을 흔드는 것 같았다. 앞으로 받을 월급은 없지만 퇴직금은 있었기에 무작정 신청하고, 제발 이 프로젝트가 엎어지지 않고 진행되기를 바란다는 간절한 바람을 한가득 담아서 이메일을 보냈다. 그렇게 첫 번째 전자책이 나오게 되었고, 어쩌다 보니 두 번째 계약서까지 사인을 하고, 이렇게 또 글을 쓰고 있다. 그야말로 꼬리에 꼬리를 무는 인연으로 여기까지 왔다.

글을 쓰는 일은 쉽지 않다. 작가를 꿈꿔본 적도 없고, 이것을 계기로 새로운 시작의 밑그림을 그려보겠다는 계획도 없다. 그럼에도 불구하고 쉽지 않은 일에 나를 자꾸 밀어넣는 이유는 무엇일까? 나는 나의 시간을 남기는 기록을 멈추고 싶지 않기 때문이다. 일기는 날것의 나를 온전히 드러내는 글이라 가장 숨김없는 글쓰기라고 할 수 있겠으나, 정제되지 않은 솔직함 속에 이리저리 날뛰는 문장들은 나조차도 감당하기 힘들게 할 때가 있다. 하지만 정성을 다해 다듬어 내놓는 글은 얼굴이 붉어지는 대목을 마주할지라도 도망치고 싶지는 않다. 물론 누구에게나 열려 있는 글을 쓸 때는 솔직함과 적당한 포장 사이에서 아슬아슬한 선을 넘나들며 중심을 잡아야 하는 근육이 필요하다. 글 쓰는 일이 쉽지 않은 것을 알면서도 용기 낼 수 있었던 것은 6년간 동마을라디오를 진행하면서 오프닝 원고를 꾸준히 써왔기 때문이다. 잘했든 못했든 멈추지 않았던 글쓰기가 있었기에 이렇게 전자책을 내는 것도 가능하지 않았을까?

동네를 지나다 보면 새로 문을 연 카페가 눈에 들어온다. 새로운 공연을 알리는 포스터 앞에 잠시 멈춰 서기도 한다. 방송은 끝났지만 세심한 관찰자는 여전히 동네의 어느 길도 그냥 지나치지 않는다. 그리고 그 관찰자는 6년간 쌓아온 글쓰기의 힘으로 이렇게 책을 써간다.

단의 이야기

단은 노래를 부르다 멈췄다. 같은 소절을 무한 반복 중이다. 마음에 들지 않는데 어떻게 해야 귀에 거슬리지 않고 넘어가게 될지 그 방법을 찾을 수가 없다. 마치 뚜껑이 열리지 않는 병에 갇혀 있는 것 같다. 단도 이런 자신이 싫다. 이 정도로 예민하지는 않았는데, 한 발짝 뒤에서 낯선 자신을 바라보고 있는 느낌이다.

단은 기타를 치며 노래할 때 가장 행복했다. 좁은 연습실에 오랜 시간 있어도 답답함을 느끼기보다는 마냥 좋기만 해서 문을 여는 순간부터 설레었다. 이렇게 행복을 가져다주는 것이 음악이라면 취미를 넘어 전공을 해도 나쁘지 않겠다고 생각했다. 단이 실용음악과에 진학하고 싶다고 했을 때 엄마는 물었다.

"학생들에게 음악을 가르치는 일을 하고 싶어?"

"아니. 나는 그냥 내 음악을 들려주는 사람이고 싶어."

"그렇다면 굳이 대학에서 전공할 필요는 없어."

우리나라 가수 중에 대학에서 실용음악을 전공하고 활동하는 이는 소수고, 음악만으로 먹고살 수 있는 사람은 극히 일부이기에, 좋아하는 것을 하기 위해서 결국 다른 직업을 구할 수밖에 없는 상황이 올 것이라고 했다. 그렇게 무엇이 본업이고 무엇이 부업인지 혼란을 겪는 것보다는 좋아하는 것은 그냥 좋아하는 것으로 즐기다가 음악 하나에만 몰입할 수 있는 여건이 허락됐을 때 선택해도 늦지 않다고 했다. 반박할 여지가 없는, 모두 맞는 말이었다. 하지만 머리로는 이해되지만 마음으로는 받아들일 수 없는 말들은 단의 귀에 닿자마자 튕겨나갈 뿐이었다. 그렇게 서로가 서로를, 설득의 설득을 하는 지난한 과정을 거쳐 단은 실용음악과 입시 준비를 하게 되었다.

지금 단에게 음악이 주는 행복, 설렘은 모두 과거형이다. 엄마가 말릴 때 그냥 들을걸, 후회가 밀려온다. 기타를 품에 안고만 있어도 편안했고, 거기에 노래를 더하면 위로가 되었던 그 시간은 다시 돌아올 것 같지 않다. 연습실 문고리만 잡아도 두 근거렸던 마음은 어디로 간 걸까? 지금은 연습실 앞에 서면 영혼이 함께 사라질듯한 한숨을 내뱉는다.

단은 무엇 때문에 이렇게 힘든 것일까? 선생님의 요구 사항이 많은 것도 아니고, 이 길을 반대했던 엄마가 네가 선택한 길이니 스스로 책임지라고 강요하는 것도 아니다. 다만 잘 해내고 싶은 마음은 한 가득인데 그 마음만큼 스스로에게 만족을 못 하는 것이 가장 큰 스트레스다. 생각해보면 단을 힘들게 하는 외부적인 요인은 없다. 단은 원망할 대상이 없다는 것도 화가 난다. 길을 찾지 못하는 미로 안에 스스로를 가둬 놓고 이러지도 저러지도 못하는 꼴이라니. 누군가 자신의 몸을 붕 띄워 여기서 나가는 길을 한눈에 볼 수 있게 해주면 좋겠다고 생각한다.

학원에서 열리는 작은 공연이 끝났다. 눈물이 맺힌 채 친구들과 대화를 나누는 단을 엄마가 보았다. 고3인데 기꺼이 시간을 내어 공연을 보러 온 친구들한테 고마워서 그런 걸까? 엄마는 살짝 고개를 갸우뚱하며 집으로 왔다. 엄마는 친구들과 저녁을 먹고 들어오는 단에게 오늘 잘했다고, 1년 전보다 실력이 많이 늘었다고 칭찬했다. 단을 격려하기 위한 빈말이 아닌 진심이었다.

"나 두 번이나 틀렸어."

"엄마는 모르겠던데?"

"초반부터 실수를 해서 완전 망했다고 생각했어. 완벽한 공연을 보여주고 싶었는데 그러지 못해서 미안하다고 친구들한테 말하는데 눈물이 나더라고."

"그랬더니 친구들이 뭐래?"

"어디가 틀린 거냐고, 전혀 몰랐다면서 오히려 감동을 받아서 얼음처럼 멈춰 있었대."

스스로 답답하다는 듯 단은 말을 이어나갔다.

"엄마, 나도 내가 이렇게 완벽주의자인 줄 몰랐어."

엄마는 언젠가 피아니스트 임윤찬의 인터뷰를 본 적이 있다. 그는 스스로가 얼마나 예민한지 알기에 자신도 자신 같은 아들을 키울 수 없다고 했는데, 내가 지금 그런 딸을 키우고 있는 걸까, 엄마는 잠시 생각했다.

엄마는 안다. 자신이 해결해줄 수 있는 것이 아무것도 없다는 것을. 단도 안다. 앞이 막힌 미로의 끝에서 발을 돌려 다시 길을 찾아야 하는 건 자신뿐이라는 것을.

역도선수의 바벨만큼이나 무겁게 느껴지는 기타를 손에 잡

으며 단은 생각한다. 자신에게 행복과 위로를 주었던 음악이
과거형에서 당장 현재 진행형이 될 수는 없겠지만 영원히 지난
날에 머물지 않았으면 좋겠다고. 나를 조용히 쓰다듬어주던 그
손길로 돌아와 지금의 낯선 나를 과거로 만들어달라고. *

고3을 지내며 힘겨워하는 딸을 보며 글을 써보았습니다. '비단'을 뜻하
는 한자가 들어가는 이름이라 '단'이라는 새로운 이름을 붙여 딸의 이야
기를 담았습니다.

사랑하는 단에게

너는 유난히 잠들 때까지 시간이 오래 걸려서 깊은 잠에 들기까지 엄마에게 많은 것을 요구했었다. 노래 맞히기 게임이나 등에 손가락으로 글씨 써서 단어 맞히기, 너의 얼굴에 엄마의 양손을 맞춰 꽃받침 만들기 등. 그럴 때마다 솔직히 귀찮기도 했지만 미래의 어느 날, 지금 이 순간이 그리워질 때가 분명히 올 테니 오늘에 감사하자 생각했단다. 그런데 그리움으로 회상하는 시간은 생각보다 빨리 왔고 다시 오지 못할 시간을 불러오고 싶은 마음에 너도 그때를 기억하는지 묻고 또 묻는다. 물론 지금의 너도 충분히 사랑스럽고 소중해. 하지만 혼자 있는 시간을 좋아하는 널 보면, 나도 그런 시간을 보냈기에 이해하면서도 추억에라도 함께 가고 싶어 너를 귀찮게 하는지도 모른다.

　가장 힘들고 예민한 시기를 보내고 있는 너에게 추억 타령이나 하고 있는 내가 이해되지 않을 수도 있겠지만, 지금의 이 시간도 세월이 흘러 돌아보면 웃으며 얘기할 수 있는 네 삶의 한 부분일 것이라고 말해주고 싶구나.

　자신의 선택에 대해서 한 번의 후회도 없이 끝까지 가는 사람이 있을까?

　행복하기 위해서 시작한 음악이 오히려 너의 발목을 잡는 것 같아서, 엄마 말대로 음악을 잘하는 사람이 아닌 음악도 잘하는 사람으로 남기를 선택했다면 지금보다는 마음이 편했을 것이라고 생각할 수도 있겠지. 하지만 음악을 하지 않았더라도 끝이 보이지 않는 것 같은 어둠의 시간은 삶의 순간순간에 찾아온단다. 과거에 누가 엄마에게 이런 말을 해준 적이 있어. 앞에 있는 장애물을 꼭 폼 나게 넘을 필요가 있냐고. 그냥 넘으면 되지. 엄마는 힘든 일이 있을 때마다 이 말을 떠올리는데 그러면 마음이 좀 편해지더라.

네가 계속 음악을 하는 사람으로 살아간다면 너보다 뛰어난 재능을 가진 사람 앞에서, 자신의 한계 앞에서, 때로는 새로운 것을 만들어내야 하는 강박 앞에서 치열하게 너를 찾아가는 시간을 보내야 할 거야. 그때마다 회피하고 싶을 수도 있겠지만 도망치려는 마음도 너의 것이니 스스로 못났다 생각하지 말고 잘 다독여주렴. 그렇게 너의 이야기를 써 내려가다 보면 너만 담아낼 수 있는 이야기가 음악으로 나올 거야. 혹시 이것을 떠나게 된다 하더라도 음악에 몰두하며 최선을 다했던 오늘은 너를 반짝이게 하는 도움으로 남게 될 거다.

힘들어하는 널 보면 엄마가 해줄 수 있는 것이 이렇게 없나 싶을 정도로 나 자신이 무능하게 느껴지는 순간도 있지만, 능력이 있다고 나의 방식대로 문제를 해결해주는 것은 널 위한 일이 아닐 거야. 지금처럼 너의 이야기는 들어줄 수 있으니 언제든지 엄마에게 마음을 나누어주면 좋겠다. 엄마는 너에게 힘이 되고 싶은 욕심에 이런저런 말들로 내게서 너를 밀어내지 않도록 늘 노력할게.

너와 함께한 시간은 그 어느 순간에 멈춰도 언제나 나를 웃음 짓게 한단다.

강효정　　　　　　　　　　　　　　　　　　25

사랑한다, 나의 딸.

2025년 겨울로 가는 어느 날,

너의 1호 팬이

2024년 내 생일 무렵에 〈좋아한다고 말하고 싶습니다〉가 출간되었다. 그때 생일마다 나에게 주는 선물로 전자책을 낼 수 있으면 좋겠다는 생각을 했다. 1년에 한 번 책을 내려면 일기처럼 꾸준히 글을 써야 하는데 그렇지 못했다. 나에게 주는 선물을 하기 위해서는 스스로 부지런하고 고단한 길을 선택했어야 했는데 게으른 미루기가 승리를 해버렸다. 그런데 거짓말같이 생일이 다가올 무렵 올해도 전자책 출간을 추진하면 어떻겠냐는 의견이 나왔다. 전자책은 내가 선택한 선물이 아닌 신이 주는 선물인 건가! 모든 작가님들의 동참 선언에 그 제안을 일단 덥석 물었다. 사실 '덥석'이라는 말은 정확한 표현이 아니다. 글을 쓰고 싶은 의지가 바닥난 상황이었기 때문이다. 내가 먼저 손들고 참여한 2024년에도 글쓰기가 만만치 않음을 느끼며 노트북 앞에서 수많은 좌절을 맛보았는데, 그렇지 못한 상황에서 과연 써질까 고민을 했다. 하지만 이걸 놓치면 나에게 주는 선물은 2024년이 처음이자 마지막이 될 것 같아서 일단 한배를 타기로 결정했다.

〈좋아한다고 말하고 싶습니다〉에서는 아들의 이야기를 담았다. 아들을 좋아해서라기보다 운동하는 아들을 지켜보는 나에 대한 이야기였다. 그때 작가의 말에서 나에겐 딸도 있어서 다음에 기회가 된다면 딸의 이야기를 풀어보겠다 했는데 정말 그렇게 되었다. 쓰는 대로 이루어지는 것이라면 나는 다음엔 무슨 이야기를 하겠다고 선언(?)해야 하는 걸까?

사실 나는 '쓸 수 없어', '이런 마음으로는 쓰기 싫어'라고 외치는 사람이 맞나 싶게 〈삶에 대한 옹호〉에 들어오기 바로 직전, 다른 글쓰기에 참여했다. 마포여성동행센터에서 진행하는 마포여성기록아카데미 글쓰기 교실에 들어가서 꾸역꾸역 두 편의 글을 쓴 것이다. 이것 역시 자의였다기보다는 센터 관계자인 H의 권유로 들어가서 중간에 포기할까 말까를 엄청 고민하면서 썼다. 그런데 생각해보니 마포여성동행센터에서의 글쓰기가 징검다리 역할을 해주지 않았다면 〈삶에 대한 옹호〉에 참여하기 힘들었겠다는 생각이 든다. 의도하지는 않았겠지만 나의 글쓰기가 멈추지 않도록 자리를 만들어주고 격려해준 H에게 밥이라도 사야겠다. 또 수업에서 글쓰기의 새로운 방향을 제시해주시고 긍정적인 피드백으로 나를 다시 일어서게 해준 황다은 작가님께도 감사의 말을 전한다. 두 편의 글이긴 했지만 새로운 전환점이 된 글쓰기의 경험이었다.

무언가를 하기 싫을 때 농담처럼 '갱년기'라는 핑계를 대곤 했는데 이제는 진짜 그 시기를 지나는지 무기력함의 끝을 보는 요즘이다. 그래서 잘 쓰고 못쓰고를 떠나 정성을 다한 글쓰기가 아닌 것 같아서 개인적으로 아쉽고, 함께한 작가님들과 대표님께 미안한 마음이다. 하지만 '나의 2025년 가을은 무기력한 채로 지나갔다'라는 일기 한 줄로 남겨질 시간이 〈삶에 대한 옹호〉로 그나마 고개를 들게 되었기에 앞뒤 재지 않고 했던 선택에 후회는 없다.

으쌰으쌰 뜻을 모아준 〈삶에 대한 옹호〉 작가님들과 그 마음을 내치지 못하고 과감히 진행해주신 김화영 대표님께 감사의 마음을 전한다.

박수정

세례명이 있지만 불경 읽는 것을 좋아합니다.
이번 생에 열심히 업을 닦아 윤회의 고리를 끊고, 다음 생을 살지 않는
것이 목표. 내일 죽음이 찾아온다 해도 딱히 여한은 없습니다. 매 순간
을 진심으로 살고 있거든요. 시도해보지도 않고 하는 후회보단, 시도
하고 남는 아쉬움이 가볍다고 생각해 조금씩 기록을 남기고 있습니다.
에세이 〈좋아한다고 말하고 싶습니다〉(공저)를 전자책으로 펴냈습니다.
마더북 소속의 그림책테라피스트 Sujoy(수죠이)로 활동 중입니다. 다양
한 사람들의 '좋아하는 것'과 '나'를 찾는 일을 돕고 있어요. 마음 흥신
소(라고 적고 그림책 테라피라고 읽는) '점.쉼'을 운영 중입니다.

인스타그램 @sujoy.book_lifrary / @dot_for_rest

그래도 사랑

'가난 앞에 사랑은 없다'라는 말을 들어보신 적 있나요?

현실의 지난함 앞에 사랑도 결국은 시들 수밖에 없음을 이야기하는 말이죠. 저는 굉장히 현실주의적인 사람이지만 마흔을 바라보는 지금까지 이 말에 동의해본 적은 없습니다. 세상을 잘 모르는 청년일 때도 그러했고 제법 닳아진 지금도 여전히 그렇습니다. 저 문장을 이해는 하지만 공감하고 싶지 않아요. 고생을 덜 해봐서 이런 말을 한다고 생각하실 수도 있을 것 같습니다만, 그렇진 않답니다. 제법 사연과 풍파가 많은 삶을 사는 사람이거든요. 그런 의미에서 고생과 가난의 기준은 시대마다 저마다 다르겠으나, 타인의 불행을 소비하는 시대에 제불행을 조금 진열해본다면 먼저 눈물 젖은 신혼집을 올려놓을 수 있을 것 같네요.

신혼집을 구하다 태중의 첫 아이를 잃었습니다. 슬퍼할 틈도 없었어요. 돈이 부족하니 품이라도 줄이고자 그런 몸으로 어렵사리 구한 집의 벽지를 뜯어내고 묵은 때를 닦으며 이사를 준비했죠. 신혼집은 다가구 주택1층의 1/2. 호그와트 승강장 이름 같지만 벽돌벽을 쌓아 1층을 반으로 나눈 집이었습니다. 벽 옆의 독거 할머니와 전기 계량기 수치를 매달 계산해 전기세를 나눠 내고, 집주인이 1/N 해주는 대로 수도 요금을 집주인에게 송금해야 했던 집. 밖을 내다볼 수 있는 유일한 구멍은 작은방의 창문이었고, 형광등을 끄면 실내는 대낮에도 해 뜨기 전 새벽처럼 어두침침했습니다. 큰 창이라고 나 있는 것은 옆집 옹벽을 바라보고 있었고, 안방에서 불을 끄고 앉아 있노라면 한없이 침잠하는 기분이 들곤 했죠. 이런 집에서 집주인에게 시달리며 집 없는 설움도 겪고, 첫 아이를 잃고 제법 오래도록 다시 생기지 않는 아이를 기다리며, 경력단절의 공포에도 빠지고, 원형탈모도 겪었습니다. 이게 제 신혼 시작의 배경이에요. 누군가는 그 정도 고생이야 우리 때 흔했다, 단칸방이 아니니 그마저도 호강이다 생각하실 수도 있을 테지요. 하지만 아직 미혼이시라면 제 이야기를 듣고 결혼하고 싶은 생각이 뚝 떨어지실까 괜히 죄송한 생각도 듭니다. 그렇지만 그럼에도 불구하고 제가 이야기하고 싶은 것은 사랑이랍니다.

가난 옆에 사랑은 존재합니다. 가난해서 사랑이 사라지는 것이 아닙니다. 가난 대신 선택한 것이 '돈'이라는 가치였기에 사랑이 밀려난 것이지요. 사랑에 돈을 앞세우면 가난의 덩치는 갑작스레 불어나는 법입니다. 아이러니하게도 가난이라는 녀석은 돈, 재물이라는 것들의 냄새를 맡고 자라나거든요. 그러면서 사람의 마음을 조금씩 갉아먹고 구멍 내서 채워도 채워도 채워지지 않는 허전한 마음을 만들어냅니다. 그 많던 좋은 추억도 줄줄 새어 나가 마음은 차게 식고 구멍은 점점 커지고, 마음을 점점 피폐하게 만드는 것이지요. 살림도 마음도 구멍 나지 않고 살면 참 좋겠습니다. 하지만 현실에서 구멍 없는 삶이 존재할 수 있을까요? 삶에 구멍이 나는 것을 막을 수 없다면, 과연 무엇으로 그 구멍을 메울 수 있을까요.

단언컨대 구멍 난 삶을 메우는 가장 좋은 재료는 '사랑'이라 하겠습니다. 사랑은 무엇에 밀려나더라도 사라지지 않고 항상 존재하고 있으니까요. 가난 앞에 사랑을 버리고 돈을 선택했던 사람들도 살 만해지면 다시 사랑하고 사랑받고 싶어 하는 모습을 보이는 걸 보면 알 수 있죠. 사랑은 자리를 가리지 않습니다.

가난의 옆이라도 떠나지 않아요. 앞이나 뒤 어느 위치에서도 함께하는 존재입니다.

조금 작고 어두운 신혼집이었지만 사랑이 있으니 아늑했습니다. 작은 집은 나의 반쪽이 일을 하러 나가도 허전함이 없어 좋았고, 돌아오면 가득 찬 것 같아 또 좋았습니다. 컴컴한 안방은 힘든 날 베개에 머리를 처박고 통곡을 해도 아무도 모를 안전한 동굴 같아 흡족스러운 날도 있었지요. 볕이 좋은 날엔 작은방 창밖으로 빨랫줄에 걸어둔 옷들이 빳빳하게 마르고 있는 모습을 보고 있는 게 좋았고, 가끔은 현관 앞의 계단에 오도카니 앉아 빨랫줄을 오가는 참새를 구경하는 것도 좋았습니다. 그 작고 어두운 신혼집에서 사랑은 소소한 일상을 다정한 눈으로 바라보게 하고, 그 작은 일상이 주는 만족감을 다시 사랑으로 바꿔 놓는 마법 같은 힘을 제게 보여주었어요.

사랑은 거창한 것이 아니랍니다. 사랑은 초여름 달콤짭짤하게 잘 쪄진 분감자가 옹기종기 놓인 바구니의 모습에 가깝다랄까요. 뜨거워 후후 불어 먹어도, 적당히 기다렸다 먹어도, 차게 식혀 먹어도 그런 대로의 맛이 있는 초여름의 찐감자. 먹어본 사람은 아는 그 맛. '찐사랑'의 모습과 맛도 그와 비슷하다고 생각합니다. 뜨거워도 좋고, 적당해도 좋고, 좀 식어도 좋은 바구니 안의 옹기종기함. 다정한 그 모습 말이에요. 신혼집에서의 생활을 불행의 진열대에 올려놓았지만, 사실 멀리서 보면 비극, 가까이에서 보면 희극인 시간이었습니다. 바구니의 모양보단 바구니 안의 옹기종기함으로 행복한 그런 날들이었으니까요. 사랑이라는 녀석은 조건을 따지지 않습니다. 조건을 따지는 것은 언제나 나 자신일 뿐. 이것만 잊지 않고 지낸다면, 내가 고른 사람과 지지고 볶아도, 그런 와중에 가난이라는 것이 끼어들어도 나의 사람과 삶을 계속해서 사랑할 수 있을 거예요. 찐감자를 다시 한번 지지거나 볶아도 맛있듯 말입니다.

그러니 사랑을 잊지 말아주세요.

사랑이 가난 혹은 고난을 지우거나 치우진 못하겠지만, 대기근에 감자만 한 구황작물이 없듯 사랑은 감자와도 같아서, 반드시 그 어려움을 지날 수 있도록 도와줄 거랍니다.

생존희망

'기대가 클수록, 실망도 큰 법.'

살다 보면 이런저런 고비와 난제들을 피할 수 없는 순간들이 옵니다. 솔직히 말하자면 이 글을 쓰고 있는 지금, 저는 살면서 몇 번 없을 고난을 마주하고 있는 상황이기도 합니다. 자세히 이야기할 수 없는 상황이지만, 남편이 직장에서 곤란한 일에 엮이게 되었고 그걸 수습하는 과정에 있거든요. 살면서 난생처음 변호사를 선임해보았고, 책 대신 수많은 서류들을 읽고 검토하며 사람들을 만나는 한 달을 보냈습니다. 연초까지만 해도 이런 일이 벌어지리라고는 상상도 못 했습니다. 오히려 약간의 기대와 희망에 부풀어 있었지요. 3월에 결혼 10주년을 맞

이해서는 '아, 이제 조금 결혼생활도 안정되고 살림이 피는 것 같다' 생각하고 있었으니까요. 살면서 좀처럼 무언가를 기대하지 않은 지 오래였는데, 약간은 무언가가 기대되는 그런 느낌의 상반기를 보내고 있었습니다.

그러다 갑자기 일을 당한 것이지요. 남편의 일은 청천벽력과도 같았습니다. 에세이를 쓰기로 계약함과 동시에 일은 터졌어요. 뭘 어찌해야 할지 잠시 어안이 벙벙했습니다. 변호사까지 선임해야 하는 큰일을 당했는데, 키보드 앞에 앉아 글을 쓸 수 있을 리가요. 일단 생존 모드에 모든 에너지를 집중해야 했습니다. 생업이 불확실해지는 상황이니 비상시를 대비해 급하게 일자리도 알아보아야 했고 자금도 만들어야 했어요. 이런 상황에 정부에선 실시간으로 대출 및 각종 재산 관련 규제들을 조여들어 오고 있었기에 하루하루가 전쟁 상황 같았습니다. 타이밍을 한번 놓치면 몹시 곤란해지는 상황의 연속이었거든요. 힘들고 속상했습니다. 글을 써야 하는 상황에 생존 게임이라니 억울하고 속상해서 울려면 며칠이라도 울고 앉아 있을 수도 있었을 거예요. 그렇지만 한참 키워야 할 자식 생각을 하니 이 상황에 울고 앉아 있는 것은 그저 사치라는 생각이 들더군요. 마음을 다잡고 해야 할 일들을 해야만 했습니다.

'진돗개 하나 전시 상태야. 정신 차리자. 침착하자. 그리고 움직이자.'라는 생각을 되뇌며 정말 군인처럼 눈앞에 있는 것들을 해결해 나가기 시작했어요. 차분하게 일상을 놓치지 않으면서 해결해야 할 일들을 순차적으로 해결해 나갔습니다. 감정을 모두 배제한 채 최대한 평정심을 유지하며 일의 진행에만 집중했습니다. 당사자인 본인보다도 더 담담하고 비장하게 움직이고 있는 저를 보며 남편이 다 놀라더군요.

그렇지만 전쟁도 길어지면 힘들듯, 한 달여 1차 방어선을 구축해 놓고 나니 마음속은 터지기 일보 직전으로 차올라 있다는 걸 알 수 있었습니다. 언제 끝날지 모르는 싸움에, 지금 구축해 놓은 방어선이 유지될 수 있을지 확실하지 않은 상황 속에서 시커멓게 차오른 마음은 웅웅 소리 내며 자꾸 소용돌이쳤지요. 그러기를 몇 주⋯ 분노인지 실망인지 서글픔인지 혹은 배신감인지 알 수 없게 흘러가던 마음이 일순간 뚝 멈추었습니다. 마침내 마음이 도착한 곳엔 '자신에 대한 원망스러움'만이 제 주인을 기다리고 있었어요.

고난은 실낱같은 그 기대의 틈을 귀신같이 알아채고 파고들어
희망의 싹을 단숨에 베어내는구나.
일말의 여지도 남지 않게 최대한 밑동에 가깝도록.

'역시 괜히 안 하던 기대 같은 걸 해가지고선.'

살림이 나아졌고, 그림이건 글이건 작가로서 '이젠 좀 작업 같은 시간을 가져볼 수 있겠구나'라고 기대했던 것이 자꾸만 잘못처럼 느껴졌고, 그런 생각을 한 자신이 원망스러웠습니다. 그러지 말걸… 그런 생각을 안 했다면 이런 일을 겪는다 해서 내 마음이 이렇게 좌절하진 않았을 텐데. 기대의 틈이라는 것이 이렇게 무서운 거구나. 미세한 균열이 어느 날 펑 하고 터져 무너져 내리는 것처럼, 기대라는 것이 만드는 마음의 미세한 틈이 이렇게나 나를 무너뜨리는구나. 일상에서 티 내지 않으려 부단히 애를 썼지만, 이런 실망감들은 폭우에 불어난 계곡물처럼 우르릉 우르릉 기대의 틈을 부수고 나와 콸콸 머릿속을 헤집었습니다.

이 글을 쓰는 지금도 여전히 저는 그 실망의 대홍수 속에서 빠져나오진 못한 상태입니다. 머리만 내어놓고 숨만 쉬는 상황인 것 같아요. 그럼에도 불구하고 생존도 창작도 포기하고 싶진 않다 생각합니다. 그래서 홍수에 휩쓸리는 것을 어찌할 수 없는 것이 지금의 상황이라면, 그저 떠 있음을 잘 유지한 채로 주변을 다시 둘러보는 것부터 시작해보려 해요. 휩쓸려 떠다니 더라도 잘 살펴보다 보면 분명 붙잡을 만한 무언가가 나타날 테니까요. 그건 아마도 희끄무리하게 어디선가 빛나고 있을 희망이라고 생각합니다. 내가 모르는 곳에서 희망은 분명 조심스럽고 내밀하게 홀로 피고 있을 테니까요. 재난 속에 설령 뿌리째 뽑혔대도 어딘가에선 다시 뿌리 내리고 있으리라 믿습니다. 그 희망의 작은 기적을 믿어보고 싶습니다.

살 만하면 치고 들어오는 각종 삶의 재난 속에서, 기대가 만들어낸 틈과 그 틈으로 터져나온 실망의 대홍수를 겪으며 다시 한번 다짐합니다.

"기대하기보단 무언가를 희망하는 삶을 살아가야겠다."
"언젠가 만나게 될 한 송이 희망을 꿈꾸며, 그런대로 또 하루를 살아내자."

그러니 지금 이 글을 읽는 당신이 어려움 속에 있다면, 이렇게 말하고 싶습니다.
"떠 있기를 포기하지 말자. 발버둥은 됐으니 그런대로 함께 흘러가 보자."
분명히 우린 다시 희망을 발견하게 될 테니까요. 일단 오늘을 흘러가 보자고요.

떨어질 결심

1G = 9.81m/s^2 (중력가속도상수)

F = m·g (중력=물체의 질량·중력가속도상수)

지구는 모든 물체를 중심으로 끌어당기고 있습니다.

그러니 중력이 존재하는 지구에서 살아간다는 것은 오르거나 매달린 만큼 떨어진다는 것을 의미한다고 할 수 있겠지요. 중력이 우리를 잡아당기고 있기에 오르는 일도 매달리는 일도 쉽지 않지만, 떨어지는 것 또한 가차 없다는 사실을 우리는 공부하지 않아도 본능적으로 느끼며 살아가고 있습니다.

학창시절 문과였지만 과학을 제법 좋아했습니다. 그래서 아직도 과학 공식들을 드문드문 기억하고 있는 것 같아요. 그 정도로 과학을 좋아하긴 했지만, 시를 더 사랑했기에 저의 진로 선택은 예술이었습니다. 그러곤 고교 시절을 끝으로 '과학과는 이제 안녕'이라 생각했죠. 고등학교 졸업 후엔 정말 꾸준하게 인문과 예술의 길만 걸었습니다. 그렇지만 삶을 좀 살아보니 그게 아니었더군요. 제가 미처 몰랐을 뿐, 과학은 우리의 삶과 너무도 밀접해서 잘 알아차릴 수 없지만 항상 곁에 존재하며 모든 일에 관여하고 있는 존재였습니다. 단순한 교과서나 학문이 아니었죠. 중력, 중력가속도, 원심력… 등으로 우리가 이름 붙인 자연의 섭리가 일상에 함께하고 있다는 사실이 새삼스레 '몹시 매혹적이다'라는 생각이 들었습니다. 뒤늦게 마흔이다 되어 비로소 물리학의 세계에 눈을 뜨게 된 것이에요. 문과 출신의 예술대 졸업생이 새삼 미적분이 배워보고 싶은 생각이 들었을 정도라면 진정으로 흥미가 생긴 것이라 볼 수 있지 않겠어요? 일상을 지내다 내 곁의 물리법칙을 하나씩 발견하는 재미라도 알게 되는 날엔 '유레카'를 외치던 아르키메데스의 마음이 이런 것일까, 떨어지는 사과를 보던 뉴턴의 기분이 이런 것이었을까, 전에 느끼지 못했던 호기심과 경외심에 기분이 몹시 좋아지곤 했습니다.

최근엔 '폴댄스와 플라잉요가'라는 운동을 새로 시작하게 되었습니다. 그런데 그 운동들을 하며 다시 한번 위와 같은 물리학적 순간과, 그 순간의 이치를 알아차리고 깨닫는 귀중한 경험을 할 수 있었어요. 개인적으로 크게 귀감이 되는 일이었고, 좀더 내적인 성장을 이루었던 소중한 경험이었는데요. 그 이야기를 조금 풀어볼까 합니다.

폴댄스는 고정되어 있는 폴, 혹은 회전하는 폴에서 다양한 자세를 취하고 유지, 변형하는 운동입니다. 플라잉요가는 천정에 고정해 매달아 놓은 해먹을 활용해, 다양한 자세를 유지, 변형하는 운동이죠. 저는 운동신경이 좋은 편이고, 정신력과 극복력도 좋은 편이라 이것들을 수강 등록할 땐, 당연히 잘할 수 있을 것이라고만 생각했습니다. 그러나 첫 시간인 플라잉요가 시간에 그 생각은 완전한 오산이었다는 것을 알게 되었어요. 중요한 사실 한 가지를 전혀 생각하지 않았더라고요. 바로 '떨어짐에 대한 공포감'이었습니다. 잘 인지하지 않고 지냈는데, 매달리고 허공에서 돌아가는 경험을 해보니 제가 약간의 고소공포증이 있다는 걸 알 수 있었어요. 소수로 운영하는 클래스라 선생님이 세심하게 수강생들을 돌볼 수 있는 상황이었습니다만, 떨어질 것 같은 생소하고 불편한 느낌과 공포감에 저는 제정신이 아니었습니다. 특히 해먹에 의지해 거꾸로 매달리는 '인버전'이라는 자세와 그 자세에서 연결해 나가는 응용 동작을 할 때는 더욱이요. 선생님은 웬만해선 절대 떨어질 리가 없다고 계속 이야기를 해주셨고, 제 스스로도 '그래, 물리적으로는 어지간해선 떨어질 수 없는 상태야'라는 것을 분명 머리로는 이해했건만. 해먹에 매달려 있는 내내 '떨어질 것 같아… 떨어지면 어떡하지?'라는 불안함을 지울 수가 없어 정말 두려웠습니다. 두려운 마음이 그리 크니 운동이 되었는지 고문이 되었는지도 사실 잘 알 수 없었어요. 그렇지만 무서운 와중에도 수업을 포기하고 싶지는 않았습니다. 두려움 따위에 지고 싶지 않다 생각했고, 정신력으로 버텨내다 보면 마침내 해낼 수 있을 것이라 생각했거든요. 그래서 주 2-3회 꾸준히 수업을 나갔습니다. '끝내 이기리라!' 제가 당시 원했던 것은 극복과 승리의 시나리오였으니까요. 그렇지만 시간이 지날수록 패색만 짙어오더군요. 언젠가부터 오전에 플라잉요가 수업을 다녀온 날이면 오후를 두통으로 시름시름 앓아눕기 시작했습니다. (과장을 조금 보태자면 운동을 하다 뇌출혈이 오는 건 아닌지 걱정스러울 정도로 오후에 두통이 심했답니다.) 이건 도저히 아니다 싶어 교차 수강이 가능한 폴댄스로 변경을 할 수밖에 없었습니다.

폴댄스도 회전하는 폴에 어느 정도 올라타서 동작을 이어나가야 하는 운동이라, 떨어질 위험이 아주 없는 건 아니었어요. 그러나 그럼에도 불구하고 플라잉요가보단 추락에 대한 두려움이 조금은 적게 느껴졌지요. 초급 수준이라 '인버전' 폴에 거꾸로 매달리는 자세가 없어 그런 것도 있었겠지만, 그래도 내가 이건 힘으로 버티면 떨어지지 않는다는 물리적 확신이 있어 조금 더 안심되었던 것 같기도 합니다. 그리고 다행스럽게도 작년에 근력운동을 열심히 해두어서인지 폴댄스도 처음이었지만, 선생님이 알려주시는 동작들을 플라잉요가보다는 좀 더 차근차근 수월하게 수행해나갈 수 있었고요. 그 덕에 짧은 시간 동안 폴댄스는 제법 실력을 성장시킬 수 있었습니다.

그렇지만 뭐든 배워갈수록 피할 수 없는 시련들이 있기 마련이죠? 기초를 좀 떼고 나니 폴을 좀더 아름답고 우아하게 타고 싶은 마음이 들었습니다. 여기서부터 시련은 다시 시작됐어요. 폴을 아름답게 타려면 때에 따라 힘을 적당히 풀 수 있어야만 했습니다. 적당히 잠시 손을 놓거나 다리를 풀거나 할 때 특히 그럴 수 있어야 했죠. 그러기 위해 가장 필요한 것은 과감한 마음이었습니다. 그렇지만 떨어지는 것은 여전히 무서웠어요. 떨어지는 것을 두려워하는 마음은 몸의 긴장으로 이어졌고, 그러다 보면 오히려 다음 동작이 기억이 나지 않고, 그렇게 시간을 끌며 매달리다 팔에 힘이 빠져 폴에서 떨어지는 결과를 만들었습니다. 이쯤 되니 중력이 괜히 다 야속하고 미웠습니다. 그리고 뜻대로 되지 않는 시간이 길어지자 중력뿐 아니라 중력을 버티지 못하는 나 자신을 미워하고 싶어지기 시작했지요. '해먹도 무서워, 회전폴도 무서워, 나약한 내 자신이 밉다! 그런데 잘하고 싶어. 그래서 더 밉다.' 잘해보고 싶어 즐거운 마음으로 시작한 운동인데, 미움이 짙어가기 시작했습니다.

그렇게 슬슬 중력과 나를 미워하는 마음으로 수업을 이어나가던 어느 날이었습니다. 수업을 가느냐 마느냐로 오전 내 고민을 하다 터덜터덜 수업을 가는 길이었지요. 길을 건너려고 횡단보도 앞에서 대기하고 있었는데, 휙— 댕— 작은 거미 한 마리가 시야로 뚝 떨어지는 것이 아니겠어요? 순간적으로 몹시 놀라 입 밖으로 "아우 씨"를 작게 외쳤습니다. 그러나 곧 횡단보도의 보행자 신호등이 초록색으로 바뀌는 순간 깨달았어요. 그 순간 외친 것이 사실 '유레카'였다는 것을요. '저렇게 작은 거미도 자신을 믿고 줄을 달아 내리는데, 머리로는 다 이해한다고 하면서 정작 믿지 못했던 것은 이미 알고 있는 내 자신이었구나!' 못 미더움이 만든 미움에 사로잡혀 떨어질 줄을 모르고 지냈던 겁니다.

떨어질 결심. 떨어지는 일이 아무렇지 않을 결심. 내가 오른 만큼 내가 지탱하고 있는 무게만큼은 언제라도 떨어질 수 있다는 것. 이것이 지극히 자연스러운 일이라는 사실을 오롯이 받아들이는 것. 그리고 나에 대한 믿음이 그 상황에서 어떤 안전장치보다도 든든한 장비라는 것을 알게 되었습니다. 이 사실을 깨닫는 순간 더 이상 떨어지는 일은 공포스러운 추락이 아니라 자유를 향한 낙하라는 걸 깨닫게 되었어요. 깨달음과 함께 즐거운 마음으로 연습실에 도착해 폴에 올랐습니다. 처음 시도해보는 동작들도 더 과감하게 시도할 수 있었어요. 그리고 시도하는 만큼 성공하는 기쁨도 맛보았죠. 정말 기뻤습니다. 떨어질 결심을 했을 뿐인데, 어디선가 솟아난 자신감이 기분 좋고 멋지게 폴을 타는 내 모습을 만들고 있었으니까요. 그런데 이쯤 되니 갑자기 이 기세를 이어 두려움에 잠시 멈춰두었던 플라잉요가 수업을 다시 한번 들어가보고 싶다는 생각이 들더군요. 그래서 귀갓길에 곧장 다음 일정으로 플라잉요가 수업을 신청했습니다. 이번에도 잘 안되고 머리만 아프다면 깔끔하게 마음을 정리하고 폴에만 집중기로 마음먹으면서요.

이튿날 플라잉요가 수업을 들으러 가는 날. 떨어지는 것은 자연스러운 일이다. '내가 떨어질 만한 움직임을 했다면 떨어지는 것이 자연스럽고, 그렇지 않게 동작을 수행하고 있다면 내가 떨어지지 않는 것이 자연스러운 일이다.' 폴댄스 수업에서 느꼈던 그 느낌을 복기해봅니다. 수업을 들으러 가는 발걸음이 한결 가볍습니다. 그래서인지 이어지는 플라잉요가 수업에서도 편안하고 자연스럽게 동작을 수행할 수 있었어요. 무엇보다 놀라웠던 것은 수업을 마치고 나면 오후엔 항상 두통에 시달리곤 했는데, 두통이 일지 않는다는 것이었습니다. 수업을 들으며 떨어지는 것에 대한 두려움으로 아마 지나치게 긴장을 한 채 수업을 들었던 것 같다는 사실을 알게 되었지요. 떨어짐에 대한 두려움을 떨치고 나니, 비로소 해먹과 함께 훨훨 나는 듯한 자유로움을 느낄 수 있었습니다. 아득바득 매달리고 버팀에 집중하기보단 떨어지면 떨어지는 대로 흘러가는 대로 내 주변에 흐르고 있는 힘들과 자연스럽게 어우러지는 느낌을 비로소 몸도 마음도 이해하게 된 것이지요. 잘 매달려 있어야 하는 게 핵심 기술인 것 같은 폴댄스와 플라잉요가를 잘할 수 있게 만들어준 핵심 비결은 아이러니하게도 떨어질 결심이었던 것입니다. 상반된 개념처럼 보이지만, 떨어질 결심으로 인해 잘 매달릴 수 있었고, 그 덕에 안전하게 잘 떨어질 수 있던 거예요.

끊임없이 매달리고, 돌고, 내려왔다 다시 오르고 때론 떨어지기도 한다는 점에서 플라잉요가와 폴댄스는 우리의 삶과 비슷하게 느껴집니다. 운동을 반복할수록 그렇게 느껴졌어요. 잘

오르는 것도 중요하지만 잘 떨어지는 것 또한 중요하다는 것은 위 운동에서도 우리의 삶에서도 중요한 사실이니까요. 인생에서 영원한 것은 없고, 모든 것은 언제나 떨어지기 마련입니다. 젊음도, 성적도, 주식도, 계절에 따라 체감하는 온도도… 우리를 포함한 이 세상의 모든 것들은 오르고 내리기를 반복하지요. 그런데 우린 때로 그 오르내림에 자연스럽게 올라타기보단 어떤 지점에서의 결과에 매달리는 삶을 선택하기도 하는 것 같습니다. 매달리고 그 자리에서 버티는 것이 최선이라는 생각에 매몰되기도 하고요. 버티다 보면 버티는 것만이 그 상황을 극복하는 데에 최선이라 믿게 되기도 합니다. 그렇지만 저는 이 경험을 통해 때론 '떨어질 결심'이 여러분에게 자유의 날개가 되어줄 것이라 말하고 싶습니다.

떨어질 결심. 그 과정 속에서 제 안에는 '용기'라는 기운이 자라났거든요. 그리고 그 '용기'가 자양분이 되어 '나를 믿는 마음인 자신감' 또한 함께 자랐던 것 같아요. 깃털처럼 가볍고 작은 용기가, 하나둘 모여 자유의 날개를 만들었고 '자신감'이라는 마음에 날개옷이 되어준 것이라 생각합니다. 생각하는 곳, 가고자 하는 방향을 향해 날아갈 수 있도록 말이죠. 그러니 부디 떨어지는 것을 두려워 마시길 바랍니다. 누구에게나 숨겨진

박수정

날개가 있어요. 떨어질 결심을 하기만 하면 이내 바로 펼쳐지기 시작하는 마법과도 같은 날개가요.

내가 있는 곳과 내가 짊어진 것의 무게조차 상관없답니다. 떨어질 결심은 그런 것들을 가능하게 하니까요. 공기의 저항이 없다고 가정했을 때, 깃털과 쇠공이 같은 속도로 지면에 도달하는 것처럼 말이죠. 지금 짊어진 고통과 부담이 크더라도 마음만 먹는다면, 숨겨진 날개가 펼쳐지기만 한다면 누구나 깃털처럼 평안하게 지면에 도착할 수 있을 거예요. 그리고 다시 날아갈 수도 있겠죠?

무거운 어떤 마음으로 힘든 분들께 저의 결심을 빌려드릴게요.

비상을 꿈꾸며 떨어지기를 마음먹는 일. 떨어질 결심.

　'삶에 대한 옹호'라는 주제로 글을 쓰는 동안 앞으로 인생에
이런 일은 다시 없길 간절히 바랄 정도의 힘든 시간을 보내는
중이었습니다. 삶을 옹호하지 않고서는 도저히 잘 지내기가 어
려운 시간이었지요. 이번 글은 경건한 마음으로 묵직하게 꾹꾹
눌러 적었습니다.

　이전 에세이 〈좋아한다고 말하고 싶습니다〉의 작가 소개에
'사연이 많은 사람입니다만, 신파보단 시트콤 같은 인생을 살
고 있습니다'라고 적은 기억이 납니다. 저는 여전히 신파가 싫
습니다. 그래서 힘든 시간이지만 울기보단 많이 웃으며 일상을
보내고 있어요. 딱히 웃을 일이 없어도 하늘이 예쁘면 살짝 웃
고, 나뭇잎 사이로 스미는 햇살이 예쁘면 살짝 웃습니다. 일상

에서 우스갯소리와 헛소리도 서슴지 않습니다. 웃다 보면 웃기고, 웃기면 또 웃게 되니까요. 작정하고 울상으로 지낸다면 안 울 날보다 울 날이 더 많아야 할 삶일지도 모릅니다. 그렇지만 제가 노래하고 싶은 것은 언제나 희망이에요. 그래서 전 웃습니다

이 또한 지나가겠지요. 잠시 좁고 어두운 터널에 들어온 것이라 생각합니다. 터널은 반드시 끝이 있고, 그렇기에 멈추지만 않는다면 언젠간 통과해 밖으로 나오게 되니까요. 스스로 빛을 내며 앞으로 나아가면 그만일 일입니다. 우주의 별들은 망설이고 두려워하지 않습니다. 운명이 다할 때까지 자신의 속도로 빛을 내고 움직일 뿐이죠. 사람도 별과 같습니다. (실제로 우린 별과 같이 '원자'가 모여 만들어진 존재이니 같은 존재라고 말해도 아주 틀린 표현은 아닐 겁니다.) 그러니 나의 빛을 잃지 않고 그저 나의 길을 묵묵히 걸으면 그뿐이에요. 언제나 끝은 있고, 그 끝에 미소지을 수 있다면 해피엔딩이라 여겨도 무방하다 생각합니다.

이번 이야기는 힘든 시간을 통과하는 제 자신에게 보내는 편지임과 동시에 유리병에 넣어 바다를 향해 힘껏 송구한 수신인 미상의 편지이기도 합니다. 이 책을 집어 든 여러분에게 따뜻한 위로와 안부의 편지가 되었길 희망합니다.

온라인의 망망대해를 향해 송구했던 글이 실물이 되어 만질 수 있는 책이 될 수 있도록 도와주신 지완 디자이너님과 책나물 대표님께 감사드립니다.

이명신

서울 출생.
명신출판사 발행인.
저서로 〈좋아한다고 말하고 싶습니다〉(공저, 책나물),
〈만남〉(아시안 허브)이 있다.

청룡사에서

삶에는 법칙이 존재한다. 여기서 손해를 보면 뜻밖에 저기
서 이익을 보고 순간순간 가감이 교체하면서 돌아보면 어느덧
평균값을 잡아주는 정반합의 법칙! 순간적으로는 부정하면서
도 나이를 먹어갈수록 점차 수긍하게 되는 인생의 발효 맛. 올
여름 내게도 이렇듯 슬며시 들어와 평균값을 잡으며 위로가 된
만남이 있었으니 바로 김포에 위치한 청룡사와의 만남이다.

지난겨울 골절 수술의 후유증으로 불안하게 흔들리는 관절
체계와 연이어 발생한 경미한 교통사고로 인해 한껏 예민해진
신경은 가뜩이나 자리 잡은 목 디스크의 통증을 심화시켰다.
게다가 자동차 보험을 통한 진료를 처음 경험해보게 된 입장에

서 자동차 보험 시스템을 숙지해야만 했다. 늦은 감이 있지만 2024년을 기준점으로 그동안 방만하게 이용되었던 자동차 보험에 대해 체계적이고 객관적인 관리를 위하여 절차가 강화되었다고 했다. 하필이면 그 시행 초기 단계를 경험하게 된 것이다. 처음 겪어보는 시스템에 대한 괴리감으로 인한 당혹스러움을 드러내지 않으려고 애쓰면서 치료를 위해 주 3~4회 이상 드나든 무의도한방병원. 그 옆에서 느긋한 미소를 머금고 포근한 뒷동산을 나누어 등 기대고 앉은 이웃, '청룡사'는 치료를 마치고 지친 심신을 달래려고 굼실굼실 품을 파고든 나를 받아준 위로처였다.

'청룡사'는 김포 통진읍에 있는 대한불교조계종 사찰이다. 김포는 해병대 2사단이 주둔하고 있는 해병대 도시로, 강화대교를 건너 강화도를 가로질러 가면 서해로 이어지는데, 그 물길을 따라 북한을 마주하고 있다. 서울과 이어지면서도, 이 나라의 귀한 청년들이 밤낮으로 무장한 채 부릅뜬 눈으로 소초를 지키고 당직을 서야 하는 특수 지역, 즉 전방이다. 지도상으로 보면 희한하게도 마치 북유럽 신화에 나오는 '토르의 망치' 묠니르와 같은 형태를 하고 있는 김포시에서, 해병대2사단 군법당인 청룡사는 주말마다 주변의 육군과 해병대원의 종교 활동을 지원하고 있다.

사찰에서 불과 몇 걸음만 걸어 나오면 마주 보이는 48번 국도는 주로 트럭이나 대형특수차량과 군용차량 등이 수시로 굉음을 지르며 내달리는, 서북권의 힘찬 동맥이다.

48번 국토 옆으로 '두레공원'이 자리하는데, 전면에 실물 크기의 황금빛 황소 동상과 장승 한 쌍을 높이 세워서 뭇 시선을 끌어당긴다. 아마도 김포가 한반도의 첫 쌀 재배지이자, 불과 얼마 전까지만 해도 가을이면 황금빛 들판 가득했던, 풍요의 상징으로서 '쌀'을 향유한 농경문화의 중심지였다는 자긍심의 표현일 게다.

장승 커플과 눈인사 나누고 나면 '통진두레문화센터'가 넉넉한 마당을 자랑하고, 그 담을 오른쪽으로 끼고 몇 걸음 걸어 들어가면 저만치 앞에서 아담한 사찰이 한 호흡 쉬어가듯 그윽하게 마주 보인다.

속세를 살짝 벗어난 듯 뒤편 산자락에 기대어 앉은 채, 그러나 따뜻한 미소를 머금고 세상을 지켜보는 청룡사. 경내로 발걸음 들이다 보면 도로에서 불과 몇 걸음 벗어나지 않았는데도 8차선 도로를 가득 채우던 굉음은 어느덧 사라진 지 오래고, 사찰 뒷산 자락은 어린아이를 품에 안은 어머니처럼 포근하게 사찰을 감싸안았다.

사찰 앞에는 마당이 펼쳐져 있다. 법당으로 통하는 중앙 통로가 시작되는 정원의 초입에 해병대 군법당임을 알리는 표지석이 일주문을 대신하고, 통로 양옆으로 길게 펼쳐진 정원을 걸어 올라가면 여러 겹으로 아치를 세우고 연등을 색색으로 달아 삶에 지친 방문객을 맞이한다.

법당 정면에는 일곱 계단을 놓아 전각의 기단을 높였고 첫계단 양옆을 석등이 받치고 있어 아담한 규모로 웅장하지는 않지만 사찰의 품격을 갖추고 있다.

또한 붉은색 보도블록을 깔아놓은 통로가 법당 중앙으로 이어지면서 양옆으로 흙이 허용된 공간, 그 공간 안에서만 흙을 볼 수 있고 허락받은 나무가 키를 더하고 꽃들이 피어난다.

사찰의 품격과 안정감을 갖추면서도 과감하게 일주문과 담을 없앤 대범함은 신선한 충격이다. 부족한 것은 과감히 포기할 줄 알고, 세워야 할 것은 한껏 각을 잡아 세울 줄 아는, 청룡사는 가히 해병대의 기백이 살아 있는 사찰이다.

전각을 중심으로 좌측에는 조립식 건물로 보이는 단층의 요사채 두 동이 있는데, 주차장을 겸하는 마당 한편에 앉은 단청 곱게 올린 종각과 마주하고 있다. 종각이 자리한 우측 마당은 마치 사찰을 엄호하듯 하늘로 치솟은 낙엽송이 산자락 잡아끌고, 정원 옆 키 큰 잣나무는 짙은 청록 그늘을 마당에 드리운다. 인적 드문 낮, 종각으로 발걸음 옮기면 하늘 향해 치솟은 메타세콰이어 가지마다 깃든 새들의 목울대, 쉴 틈 없다. 이제 종각 옆 벤치에 앉으니 솔향은 싱그럽고 새소리 청량하니 자잘한 근심일랑 어느덧 사라지고 없다.

몹시도 뜨겁던 6월 어느 날, 대지는 일찌감치 달아올랐고 점심시간이 막 지난 이른 오후였지만 이미 달구어진 보도블록은 불 지핀 구들장마냥 뜨끈거린다. 점심시간을 전후로 절 주변을 산책하던 행인들은 이미 보이지 않고 뜨겁게 오른 지열 탓에 주변은 사람의 그림자조차 드물다.

문득 택배 차량 한 대가 들어온다. 대략 40대 전후로 보이는 택배기사가 차에서 내리더니 배송 물건을 들고 인기척 없는 요사채를 향한다. 인적 없는 무료한 시간대에 갑자기 나타난 사람을 보니 염치없는 호기심이 일어난다. 조용한 요사채에서 되돌아오는 데 불과 채 2~3분 남짓한 시간이지만 태울 듯이 쏟아지는 햇볕 아래 선 사람은 그새 지친 기색이 역력하다. 한데 뚜벅뚜벅 달궈진 보도블록을 걸어 차 옆을 휙 지나치는가 싶더니, 전각이 마주 보이는 정면을 향하여 걸음을 멈춘다. 그리고 두 손을 정성껏 모아 합장하고서 달궈진 맨바닥 위에 무릎을 꿇고 삼배를 하는데 놀랍게도 반바지 차림이다.

대체 어떤 간절함이 이 젊은 남자로 하여금 달궈진 돌바닥에 맨 무릎을 꿇게 만들었을까?

괜스레 그늘에 앉은 내 무릎이 따끔거리면서 혹시라도 나와 눈이 마주쳐서 그의 기도를 방해할까 봐 황급히 고개를 돌린다. 그러나 지켜보는 이를 알아차리지 못했는지 택배기사는 법당을 향한 정성스러운 삼배를 마치기 무섭게 탑차를 몰고 순식간에 열기를 가르며 빠져나간다.

마치 물의 장력이 떠올린 물자리 회복하듯, 달궈진 대기는 빠르게 일상을 회복하고 현장을 떠난 이의 흔적은 이미 사라지고 없다.

가만히 손을 들어 냄새를 맡아본다. 손에는 조금 전 내가 법당에서 피어 올린 향냄새가 희미하게 남아 있다. 불과 몇 분 전까지만 해도 위로가 되었던 잔향이 문득 혼란스러워져 천천히 고개를 돌려 법당을 바라본다. 내가 좀 전에 법당에 들어가 향을 피우고 간절히 올렸던 삼배는 대체 무엇이었을까? 한껏 매끄러운 문장을 짜내어 소원을 빌며 피어 올린 향냄새의 기억이 아직 코끝에 남아 있는데, 질척하게 남아 있던 나의 가식을 비웃기라도 하듯 극명한 대조를 보인 택배기사의 데일 것 같은 뜨거운 삼배.

몇 걸음만 걸으면 법당 안으로 들어갈 수 있는 거리임에도, 시간에 쫓기듯 뜨겁게 쏟아지는 땡볕 아래 달궈진 돌바닥 위에서 삼배를 하고 표표히 떠나간 모습은 내게는 충격 그 자체였다.

이는 차라리 어떤 순례 행렬보다 강렬한 신앙심의 발현이며, 진정한 순례의 구현이다.

그가 무엇을 빌었는지, 기도의 내용은 무엇인지 알 수 없지만, 그날은 실로 오랜만에 행위 그 자체로 순수한 기도의 모습을 목도한 날이었다. 나는 경외심에 꼼짝도 못 한 채, 수도 없이 그 장면을 사진 찍는 스스로를 상상했다.

하지만 어디서도, 누구에게서도 들을 수 없었던 절절한 기도행위를 이렇듯 눈앞에서 볼 수 있었다는 것은 행운이며, 순수한 신앙심의 씨앗이 각자의 마음에 살아 있다는 증명이겠지.

불가에서는 모든 것이 마음작용이라는, '일체유심조'의 원리를 가르친다. 그날 달궈진 돌바닥 위에서 법당을 향해 올린 삼배를 한 그에게도 '원리'가 작용한 것일까? 그는 마음에 무엇을 담았을까? 마음에 무엇을 담느냐에 따라 우리의 행동은 달라진다. 그리고 결과가 달라진다.

나는 마음에 무엇을 담아야 할까? 아니 무엇이 담겨져 있을까?

올여름 지친 심신을 달래기 위해 굼실굼실 품을 파고든 나를 푸근하게 받아준 청룡사.

오늘도 '청룡사'의 키 큰 잣나무 그 키를 더하고, 통로 옆 정원의 납대대한 민들레 이리저리 퍼져 앉아 길쭉한 대궁 밀어올리니 주변은 노란빛으로 환하게 차오른다.

존엄에 대하여

국립국어원 표준국어대사전 뜻풀이에 따르면 '존엄'은 인물이나 지위 따위가 감히 범할 수 없을 정도로 높고 엄숙함을 뜻한다.

'최고 존엄'이란 말이 조롱처럼 쓰이곤 했었다. 당시 그 말을 들은 나는 평범한 엄마로서 '존재의 엄숙함'이라는 말을 아이들 훈육의 기준으로 삼았다.

지금이야 '회초리'라는 단어만 나와도 신고의 대상으로 인식되는 시절이 되었지만, 어릴 적엔 그렇지 않았다. 내가 사는 집 마당 한쪽에는 한 아름 싸리나무가 심겨 있었다. 당시 어머니는 나와 언니가 잘못을 할 때마다 옆 마당에 서 있는 싸리나무에게 보냈다.

"가서 종아리 맞기에 적당한 회초리를 꺾어 와라."

그때마다 언니와 나는 싸리나무 줄기 중에서 가장 가는 가지를 찾느라 벌써 눈물이 흐르기 시작한 눈동자를 반짝이곤 했다. 겨우 가느다란 싸리 줄기를 꺾어 들고 주춤주춤 안방으로 돌아가면 가느다란 줄기를 바라본 어머니는 낮은 소리로 이렇게 말했다. "다시!" 물론 눈치 없을 때까지는 몇 번을 왔다 갔다 했지만, 종국에는 눈치껏 굵은 줄기를 꺾어 들어야만 했다. 그것이 끝이 아니다. 두 번째 단계가 있다.

"몇 대면 될까!"

물론 내 의견이 중요한 것이 절대 아니었던 그 질문에 눈치 없던 나는 두려움에 떨면서도 내 잘못에 비례한 형량을 스스로 고해야 했다. "세 대요."

지금 와서 돌아보면, 차라리 알아서 때리시라고 하는 게 나았겠지만, 그땐 세상 물정 모르는 아이라 눈치 없이 굴었다. 결국에는 어머니가 정한 기준대로 '나잇값'을 못했으니 나이만큼 맞아야 했다.

기억에는 없지만 아마도 당시에는 그 싸리나무 옆을 스칠

때면 아무 잘못도 없이 줄기를 잘려야 했던 싸리나무에게 오히려 눈을 흘겼을지도 모를 일이다. 하지만 아이가 제 줄기를 수시로 꺾는 것도 모자라 오히려 조그만 눈을 흘기건 말건, 싸리나무는 계절의 흐름과 함께 가느다란 줄기들을 풍성하게 늘려갔다. 원망의 대상이라기보다는 유년의 추억으로 자리하고 있는 싸리나무의 존재. 의구심이 들만도 하건만, 돌이켜보면 이 싸리나무에 대한 부정적인 기억을 희석시키는 요인이 있었으니 바로 '싸리나무버섯'에 얽힌 추억이다.

당시 집 뒤편에는 나지막한 능선으로 이어진 뒷산이 있었는데, 여름철 비 내린 후의 숲에서는 축축한 습기 속에서 버섯 향이 가득히 퍼지곤 했다. 여름날 비가 그치면 언니와 함께 작은 소쿠리를 들고 올라가 따오는 버섯으로 어머니는 각종 버섯을 푸짐하게 넣은 찌개를 해주셨는데, 그때 먹은 싸리버섯은 정말 맛있었다. 어이없게도 이 기억으로 인해 내 기억 속의 싸리나무는 원망보다는 유년의 추억으로 자리 잡고 있다.

지금도 산을 오를 때마다 싸리나무를 볼 때, 그 자잘한 연분홍 꽃들이 줄기에 촘촘하게 붙어서 바람에 살랑거리는 모습을 볼 때면 슬쩍 미소를 짓게 된다. 그리고 어린 시절 우물가는 길옆 마당에 무심히 서 있던 싸리나무 모습이 선연히 떠오른다.

최근에 알게 된 사실이지만 조선시대 서당 훈장님에게 학부모들은 가을이면 십시일반으로 싸리나무를 한 짐씩 월사금 삼아 냈다고 한다. 이는 싸리나무가 회초리, 즉 '훈육의 상징'이기도 했기에 자식의 훈육을 위탁한다는 의미이기도 했고, 또 '싸리 비'를 팔아서 훈장님의 생계에 보탬이 되라는 후원의 의미이기도 했다는 것이다.

생각하면 서늘한 기억일 수도 있지만, 아이들을 낳고 키우면서 정말 양육이란, 그리고 훈육이란 너무도 막막하다 못해 때로는 막연한 두려움에 사로잡힐 때가 있었다. 마당 한편에 서서 싸리나무가 훈육의 메시지를 주는 세상은 이미 사라졌다. 세상은 농경시대를 지나고 산업화, 공업화 시대를 지나고 이미 첨단 정보화 시대를 지나고 있다. 그뿐이랴. 이제는 디지털 시대로 급속하게 변화하는 시절의 한복판에 서 있다. 이는 마치 설악산 계곡물이 태풍과 장마를 거치며 불어나서 우르르 탕탕 계곡 돌바닥을 두드리며 급한 물줄기로 흘러가는데 중간 돌다리에서 고립된 모습과 같다. 그리고 어지럽게 변화해가는 세상속에서 아이를 끌어안고 서 있는 공포와 막막함은 고스란히 성숙하지 못한 부모의 몫이 되었다.

돌아보면 마당 한쪽에 묵묵히 서 있던 싸리나무는 내 잘못을 되새기게 하는 동시에 삶의 기쁨을 알게 해준 지침이었다. 하여 나는 아이들을 키우면서 '존재(存在)의 엄숙함'을 내 유년 시절을 지켜준 싸리나무의 역할로 삼고자 했다. 체벌이 사라지고 있는 시대를 살아가면서 눈치 없게 체벌을 옹호하는 것이 아니다. 단지 성숙한 부모의 성숙한 훈육이 필요한 시절일 뿐이니…….

　우리는 결코 스스로를 포기해서도, 내려놔서도 안 되는 엄숙한 존재다. 뻔히 다시 돌아올 것을 알면서도 바들바들 떨리는 작은 손으로 가장 가는 싸리 줄기를 찾아서 들고 갔었고, 마치 오답 노트를 작성하듯 어머니 앞에서 내 잘못을 검토한 후 한 문장으로 정리를 해야만 했다. 그리고 몇 대를 맞을 것인가 형량을 토론했고, 그 과정이 끝난 후에야 종아리를 맞아야 했기에 생각보다 원망과 억울함은 없었나 보다. 물론 당시의 어머니에 비하면 훨씬 논리적이고 이성적이지 못했기에 나는 많은 시행착오를 겪었지만, 나의 유년 시절의 기억을 떠올리며 늘 존엄성에 대해 아이들에게 말해주려고 했다.

　세상이 아무리 요란해도, 어지러워도, 이 순간 내 눈이 감기

이명신　　　　　　　　　　　　　　　　　　　　　　　　　71

면 세상은 사라져버린다. 물론 나 하나 없다고 세상의 흐름이 멈추거나 흐트러지는 것은 결코 아니지만 그것은 내가 눈 감거나 멈추거나 포기한 이후의 이야기다. 그렇기 때문에 눈을 동그랗게 부릅뜨고 세상을 정면으로 응시하며 살아내야 한다. 마치 돌고 있는 러닝머신에서 멈추면 튕겨지듯이, 우리의 삶도 멈추면 튕겨진다.

나는 물론이고, 내 아이들에게도 아무리 힘들어도 스스로 포기하거나 삶에서 눈 감지 말라고 말해주고 싶다. 한 번 겪는 이 삶에서 많은 것을 배우고 좋은 기억들을 담아내기를, 절대 포기할 수 없는 존재로서 자신을 키워가기를. 내 삶이, 이 시간이 다시없는 경험의 기회라는 것을, 이 축복의 기회를 절대 스스로 내려놓지 말기를 매순간 잊지 말았으면 좋겠다. 존엄이란 끝내 살아내는 것이다. 나에게 가장 적극적으로 삶을 옹호하는 기준은 '존재의 엄숙함'이다.

내게 싸리나무라는 유형의 추억을 심어주신 어머니. 그 유년의 추억에 덧대어 저는 존재의 엄숙함이라는 무형의 향기를 피어 올리고자 합니다.

세상에서의
내 자리

꿈을 꾸었다. 늘 꿈이 넘치도록 많아 자는 내내 바쁘다. 아침에 의식이 드는 동시에 그 잡다했던 사념들은 다 먹고 난 뻥튀기 자루에 남은 가루를 뒤집어 털어낸 듯이 후루루 흩어지며 대부분 기억조차 없다. 그런데 비교적 기억에 남은 그날 꿈 속에서 나는 몇몇의 지인들과 함께 '죽'을 먹었다. 이제까지 꿈속에서 죽을 먹어본 기억은 없었는데 뭐 이렇게 선명하게 죽을 먹었는지 잠을 깨고 나서도 마음이 불편했다. 게다가 이상하게 목이 갈라지듯 갈증이 나는 이유를 알 수 없다.

하필 오늘은 서류 결과가 발표되는 날이다. 수술 통증으로 인한 아픔은 책상에 앉기도 힘들었지만 퇴원하자마자 입사지

원서를 작성했었다. 통증을 이겨낸 스스로에 대한 자부심 탓이었을까? 그들이 나를 선택하리라는 확신에 충만한 채, 면접 일정에 목발을 짚은 채 출석하여 어떤 답변을 유려하게 할 것인지만 고민하고 있었다. 그러나 시간이 오후로 넘어가자 물을 마셔도 갈증은 가라앉지 않았다. 오후 3시경 '귀하 같은 인재를 받아주지 못하여 참으로 안타깝다'는 메일을 확인할 수 있었다. 흔히들 꿈보다 해몽이라고 하는데 오랜 세월 우리의 생활에 스며져 있는 해몽의 객관적 정서가 분명 있는 것 같다. 결과를 기다리는 동안 '면접일이 되면 택시를 예약하고, 면접이 진행되는 건물의 엘리베이터를 타고 올라가 내 면접 차례가 되면 자연스러운 표정으로 이러이러한 문답을 하리라'고 수시로 떠올렸던 이미지 트레이닝은 한순간에 무너져 내렸다. 2주간 통증과 불만으로 시간을 보내기보다는 사회에서 내 자리를 찾기 위해 노력했는데, 결과는 1차 서류 탈락이다.

돌아보면 결과가 부정적일수록 사전에 가지는 기대치는 애매하게 높다. 혼자 긴장하고 떨면서 홀로 계획한다. 나 또한 수없이 이미지 트레이닝을 했었다. 누가 목발을 짚고 나타난 나이 든 여자를 뽑아주겠는가 하는 의심이 들 때마다 애써 그 생각을 지우곤 했다. 아직 뼈도 덜 붙은 다리로 목발을 짚은 채로,

사회에서의 내 자리를 인정받는 직장을 상상했던 나는 욕심을 낸 것이었을까? 하지만 마치 경사가 높은 바위산을, 그 험산의 등산로에서 깊게 박힌 쇠기둥을 연결한 동아줄을 움켜쥐고 끝내 정상을 향해 올라가는 심정으로 나는 부러진 뼈가 잘 붙기를 기도하며 바깥세상과 이어진 끈을 놓치지 않으려 애썼다.

남에게는 쉽게 위로라며 해주던 말들을 내가 당사자로서 듣게 되었을 때는 마치 날카로운 칼날처럼 비명 소리도 없이 가슴에 박힌다. 삶을 살아가면서 스스로에게는 절대 관대할 수 없는 결연함은 이런 예리한 통증을 기억하기 때문이다. 그리고 의외로 이 모든 사건의 중심에는 나 자신이 있다. 살면서 누군가는 가끔 또 누군가는 수시로 겪게 되는 삶의 아픔이 내 삶의 걸림돌이 될 것인지 디딤돌이 될 것인지를 결정하는 것은 자기 자신이다. 쉽게 아파하고, 포기하고 자책하기에는 시간은 정말 빨리 흘러간다. 하루하루를 살아가면서 우리에게 주어진 시간을 마치 조적공이 차곡차곡 벽돌을 쌓아올리듯이 순간을 충실하게 살아가다 보면 어느 날인가 나를 지켜주는 담벼락이 세워져 있을 것이다.

이제 그 담벼락을 감아올릴 덩굴장미며 능소화를 심는 당신의, 우리의 노력은 덤이다. 내 삶에 향기마저 퍼트릴 수 있는 여유.

누군가 말했다. 꼭 모든 사람이 담벼락에 장미덩굴을 올릴 필요는 없다. 누군가 풍성하게 피어올린 장미향이 주변에 은은하게 퍼질 수 있다면 좋지 아니한가. 지나가면서 그 향기로 인하여 자기도 모르게 미소 지을 수 있다면.

단지, 그 풍성한 장미덩굴이 하루하루 쌓아가는 나의 노력으로 이루어질 수 있다면 나는, 우리는 삶의 옹호자라고 할 수 있을 것이다.

올여름은 마치 왼뺨과 오른뺨을 번갈아 때리듯, 거대한 폭력과도 같았던 폭염과 폭우가 이어졌다. 해마다 평균온도가 올라가는 여름의 초입이었지만 그래도 이렇게까지 자연의 요란한 광폭행진이 이어질 것이라는 것은 생각도 못 했다. 이러한 자연의 요란함이 과연 섭리인가, 섭리를 위장한 절대자의 폭력인가? 과연 절대적 순환의 원리는 제대로 작동하는 걸까?

두 발을 땅에 붙인 채 하루하루를 살아내야 하는 우리는 절대 알 수 없는 그 절대적 원리를, 이제는 긍정할 수밖에 없게 만든 건 이번 여름 내게 일어난 뜻밖의 사건 때문이다.

베란다 타일을 맨발로 딛지 못할 정도로 뜨거웠던 여름날

들. 약간의 고지대에 위치해 겨울엔 불안에 떨면서 내려가고, 여름엔 땀을 쏟아내며 올라갔던 불평의 시간들을 모두 지워낼 만큼 폭포수처럼 쏟아지는 빗줄기를 바라보면서 이번 여름에 나는 안도했다. 그리고 뒤늦게나마 내게 주어진 안전한 환경에 대해 감사했다.

모처럼 겸허해진 내 모습에 대한 보상이라도 주어진 것인지 모르겠지만, 문득 뜻밖의 선물이 주어졌다.

동남향에 위치한 내 집 베란다에는 화분이 일렬로 자리하고 있는데, 폭염의 열기를 식혀주기 위해 아침마다 물을 뿌려주었다.

그러던 어느 날 아침에 베란다로 들어선 나는 눈을 의심했다.

길쭉한 꽃대가 문주란 몸체에서 뻗어 나와 있었다. 그리고 눈을 의심할 정도로 쑥쑥 자라더니 마침내 매혹적인 향기를 뿜어내는 꽃들을 폭죽처럼 연달아 피어 올렸다. 나는 마치 소문이라도 나면 안 되는 비밀스러운 존재들의 축제를 보듯 숨소리마저 죽여 가며 온 과정을 지켜보았다. 세상에! 어느 날인가 아침에 나가보니 옆 포기에서도 새로운 꽃줄기가 또 올라와 있다.

'축제로구나!'

내 소리에 놀라서 꽃들이 축제를 멈출까 봐 나는 입을 꼭 다

물고 속으로만 외쳤다.

소리 없는 폭죽처럼 그러나 별꽃처럼 연달아 터지던 문주란의 꽃향기는 세 번째 줄기를 더 올리고서야 그 화려한 축제를 마감했다.

지금은 원숙하게 늙어가는 어머니처럼 줄기가 휘어진 채 동글동글하게 매달린 씨앗들을 품에 안고 갈무리 작업을 하고 있는 문주란. 그러나 하얗고 가늘게 피어올라 한순간 폭죽처럼 터져버리는 강렬한 그 꽃들이 내 가슴을 이리도 뛰게 만드는 건, 실로 그 꽃이 30년 만에 '다시' 피었다는 사실이다. 내 집 화분에서 꽃을 피우고 또 30년을 넘게 묵묵히 살아낸 후 피어난 매혹의 귀환.

내 가슴에 묻어두었던 세월의 무게만큼이나 강렬하고, 은은하면서도 순간 날카롭게 폐부를 찌르던 매혹의 향기. 그동안 꾹꾹 눌러두었던 내 글들도 그와 같을까?

작은 화분에 담겨서도 포기하지 않고 긴 잠에서 깨어나 피어나는 문주란을 보면서, 문득 향로에서 피어오르는 향불 같다는 생각이 들었다. 하늘을 향해 올라가는 무언의 기도.

그리고 나도 깊숙이 묻어두었던 용기를 내보기로 했다.

그동안 간간이 흔들렸던 의구심을 거두고, 매혹적인 별꽃을 피워낸 문주란처럼 나도…….

우리가 처음 만났을 때는 너무 뜻밖이어서 이리저리 날아와서 함께 꽃 피운 '민들레 가족'이라는 생각이 들었었는데, 한 번 '가족'으로 묶인다는 것은 서로가 함께할 시간이 필요한 것인가 보다. 다시금 이렇게 모여 작업을 할 수 있게 해주신 우리 '민들레 가족' 모두 소중하다.

끝으로 원고 마감에 쫓기며 거칠게 썼던 문장들이 매끄럽게 살아나도록 이끌어주신 책나물의 김화영 대표님께 머리 숙여 깊은 감사의 말씀을 드리고 싶다.

이수정

하루하루 어떻게 지나가는 줄 모를 만큼 바쁘게 살고 있는,
남매를 키우는 40대 워킹맘.
하고 싶은 것도 많고, 해야 할 것도 많지만
기어이 행동해봐야 직성이 풀리는 '열혈인간'.
하지만 호기롭게 시작한 행동에 결과는 없이
행동만 있는 것 같아서 때로 반성하는 사람.
그래도 계속 새로운 무언가를 하고 싶고,
경험하고 싶고, 알고 싶은 사람.
매일을 새로운 눈과 마음으로 보고 싶은 사람.
오늘도 반짝이는 눈으로 세상을 바라보는 사람.

평범하고도
특별한 하루

나는 결혼 전에 친한 친구들과 맛있는 밥을 먹고 후식으로 커피를 마시며 시간을 보내는 것을 좋아했고 또 자주 했다. 대부분의 내 또래 여자들이 그러는 것처럼 만나는 곳에서의 맛집과 이어서 갈 예쁘고 느낌 있는 카페까지 찾아다녔다. 휴대폰으로 열심히 검색한 그곳이 맛있고 멋진 곳이라면 집으로 돌아가는 길이 그렇게 뿌듯했다. 나와 내 친구들은 만나서 이런저런 일상 이야기를 나누며 혼자 사는 외로운 마음을 달랬다.

그날은 점심시간, 두 친구를 대학로에서 만났다. 만나기 좋은 중간지점이었고 셋 다 대학로를 좋아했었다. 한 친구가 오늘은 내 인생에 특별한 날이라고, 대학교 학자금을 다 갚은 날이라고 후련한 표정으로 말했다.

"오늘 점심은 내가 살게, 기분 좋은 날이니."

친구의 환한 얼굴을 보니 나 또한 마음 한쪽에서 시원한 바람이 지나가는 느낌이었다. 그동안 직장을 다니며 부지런히 그 돈을 갚았을 친구를 생각하니 내가 다 뿌듯한 마음이 들었다. 좋은 일이 생겼을 때 내 옆에 있는 사람들과 그 기쁜 마음을 나눌 수 있는 것만큼 좋은 건 없다고 생각한다.

그때 셋이 같이 점심으로 먹은 건 치즈가 가득 올라간 찜닭이었다. 후식으로 테이크아웃한 아이스 아메리카노를 홀짝홀짝 마시며 대학로 골목길을 걸으며 이야기 나눴던 것까지…… 그날의 기억이 아직도 종종 떠오르는 것을 보니 그날은 정말 평범했지만 참 특별한 날이 아니었나 싶다. 그때는 그런 하루가 내 인생에서 기억에 아주 오래 남을 만큼 좋은 날인 줄은 몰랐는데, 이제야 좀 알겠다. 무언가 특별하고 좋은 걸 하지 않아도 사소한 것 하나로도 좋은 기억으로 남는 하루가 될 수 있다는 것.

요즘의 내가 예전의 나와 조금 다른 점이 있다면, 하루에 어떤 특별하고 뿌듯한 일을 해야 한다고 생각하지 않는다는 것. 대신 나 자신을 좀더 돌보는 하루를 보내려고 한다. 피곤하면 밀린 잠을 좀 자기도 하고, 좋아하는 커피를 마시며 산책도 하고, 자주 멍도 때린다. 무언가 생산적인 일을 해야 그날이 어제보다 발전한 날이 될 거라고 생각하지 않기로 했다. 쉼이 있어야 오래 더 멀리 나아갈 수 있는 것처럼, 조금 여유를 가져 보는 것이다.

매일이 열정적이지 않더라도 천천히 끓어 오르는 냄비처럼 그 열기를 손에 꼭 쥐고서 무언가를 조금씩, 꾸준히 해볼 생각이다. 나에게 그것이 '글쓰기'였으면 좋겠다. 나의 생각과 마음을 조금 더 가볍게 털어놓고 이야기하고 싶다. 그렇게 평범하고도 특별한 하루하루를 기록해 나가고 싶다.

나의 가족 이야기

1. 이해와 행복 사이의 우리

언젠가 직장에서 후배와 이런 대화를 나눈 적이 있다. 사랑을 한 단어로 다르게 표현한다면 무엇일까. 나의 대답은 '이해'였고, 후배의 대답은 '행복'이었다. 그의 말도 맞았고 나의 말도 맞았다. 틀린 말은 없었다. 서로 다른 의견이 있을 뿐이다.

그 사람이 나와는 다른 언어로 말하고, 다른 행동을 해서 나를 의아하게 만들어도 나는 괜찮았다. 그 사람을 이해하기로 했으니까. 나는 그냥 그 사람이 좋았다.

그는 항상 직장에 제일 먼저 출근을 했다. 출근 시간에 딱 맞춰서 달리면서 우당탕탕 출근하는 나와는 전혀 다른 모습에 나도 모르게 눈길이 갔다. 출근해서 그는 별 얘기를 하지 않고, 표정도 별로 없었다.

궁금했다. 낮게 깔리는 안개처럼 어느 순간 그는 내 마음속에 서서히 자리 잡고 있었다. 무뚝뚝하고 무표정하던 그가 퇴근하던 모습을 사무실 창문 너머 보고 있던 어느 날, 또래로 보이는 남자가 그를 근처에서 기다렸다가 같이 걸어가는 모습을 보았다. 친구인 듯했다.

그날 밤, 이상하게 그 장면이 계속 생각이 났다. 그리고 불현듯 든 생각.
나도 그 사람 옆에서 걷고 싶다. 그냥 얼굴을 마주 보며 별다른 이야기를 하지 않아도 괜찮을 것 같았다. 나는 그냥 그의 곁에 있고 싶었다.

그 후로 나는 여름 휴가로 제주도를 다녀왔고 오는 길에 그에게 줄 선물로 제주녹차 선물 세트를 사 왔다. 늦은 저녁 연락을 해서 줄 것이 있으니 만나자고 했다. 너무 늦은 시간이라 내

일 출근도 해야 되는데 괜히 만나자고 했나 생각하고 있을 찰나, 그는 그러겠다고 어디서 만나는 게 좋겠냐고 나에게 되물었다. 뜻밖이었다. 나는 선물을 핑계로 그의 얼굴을 보고 싶었다. 그날 늦은 저녁에 만난 우리는 근처 동네를 산책하면서 많은 이야기를 하였다. 처음 가보는 아파트 그네에 앉아서 우리는 새벽 4시까지 이야기를 나누다가 집으로 돌아갔다.

그 후로 우리는 연애를 시작했다. 그는 나에게 사귀자는, 흔한 연인의 시작을 알리는 말은 하지 않았다. 다만 매일 연락을 했다. 일어났다, 출근한다, 직장 도착했다, 점심 먹으러 나왔는데 음식이 별로였다, 퇴근하고 운동하러 밖에 나왔다…….

그의 담백하고 투박한 표현이 좋았다. 전화 통화를 싫어한다는 그는 매일 영상 통화를 걸어 내 얼굴을 보며 웃는 일이 많아졌고, 그걸로 모든 게 다 용서가 됐다. 자주 만나지 않아도, 근사한 곳에 가서 데이트를 하지 않아도.

나는 그를 웃게 해주고 싶었다. 표정 없는 그 사람의 얼굴에서 밝은 꽃이 활짝 필 수 있도록 해주고 싶었다.

우리는 그렇게 연인으로 3년 반을 함께 보내고 결혼을 했다. 어느새 10년 가까운 시간을 함께 부부로, 가족으로 지내고 있다. 우리 둘 사이에 아이도 둘 태어났다. 누구와도 바꿀 수 없는 소중한 아이들이다.

아이들이 있어서 힘들지만 또한 많이 웃게 된다. 치열하게 육아와 직장 생활을 하느라 지쳐 있던 내 마음이, 아이들의 거짓 없는 웃음과 말 앞에서 정화가 된다. 나는 오늘도 아이들로 인해 세상의 시름을 조금은 내려놓은 느낌이다. 나에게 이런 단란한 가정을 선물해준 우리 남편에게 고마운 마음이 크고, 항상 우당탕탕인 나를 뒤에서 지켜봐주는 울타리가 기꺼이 되어줘서 고맙다고 말하고 싶다. 앞으로는 내가 더 없은 아량으로 남편을 지켜주고 싶다. 아니 지켜주지는 못해도, 가끔 아니 자주 그가 아무 생각 없이 웃게 해주고 싶다.

2. 첫째와의 데이트

야간 근무를 마치고 아침에 퇴근해서 여섯 시간 정도 자고, 첫째 아이랑 어제 자기 전 약속했던 '앵무새 카페'를 가기로 했었다. 원래는 남편이 둘째를 집에서 돌보고, 내가 첫째랑 둘이 가려고 했는데, 웬일로(?) 남편이 같이 간다고 나와서 온 가족이 앵무새 카페 입구까지 갔는데! 오늘 휴무란다. 이런 일이 비일비재한 나는 당황하지 않고 남편 앞에서 헤헤 웃으며 "그래도 집에서 차 타고 15분 거리라 멀지도 않은데, 위치 알았으니까 다음에 또 와보자."라고 말했고, 남편은 나의 웃음에 따라 웃어버렸다.

"첫째야, 우리 다른 카페 가볼까? 레고 카페 어때?"라고 내가 말하니, 어제 아이 둘을 데리고 잠을 잔 남편은 피곤해했다. 둘째랑 자신은 집에 갈 테니, 큰애와 나 둘이서 놀고 오라고 했다. (오히려 좋아, 울 첫째와의 단둘이 데이트!)

그렇게 운전석에 다시 오른 나는 남편과 둘째아이를 집에 내려주고, 첫째와 함께 이마트로 향했다. 남편이 이마트에서 레고 카페를 본 적이 있다고 말해줘서 나도 기억이 난 터였다.

첫째와의 제대로 된 데이트는 이번이 두 번째이다. 첫 번째는 문구점 데이트였는데, 문구에 관심이 없던 첫째와 다르게 엄마만 신났던 데이트였던 것 같다. 이번 데이트는 좀 다르겠지!

이마트 주차장에 주차를 하고 2층에 있는 레고 카페에 가기 전, 아이가 쓸 여름용 물통을 사러 1층에 내려갔다가 아트박스가 생긴 것을 발견했다.

우리는 호다닥 뛰어가서 두 눈 반짝이며 귀여운 것들을 잔뜩 구경했다. 제어하는 남편과 방해꾼(?) 둘째가 없는 우리는 완전 신이 나 있는 상태였다. 첫째는 조그마한 장난감을 구경하고, 나는 가게에 있는 모든 것들을 볼 기세로 둘러보았다.

평소에 내가 필요했던 물건들은 아주 유심히 보았다. 가방에 넣어 다니기 좋은 크기의 파우치, 휴대폰 무선 충전기, 조금 작은 크기의 내 물통, 폰에 붙일 스티커 등등.

문득 이 순간이 참 행복하다는 생각을 했다. 행복은 별거 없구나, 정말.

한참 구경하다가 평소 아이에게 필요했던 물건이나 앞으로 필요한 물건들을 샀다. 여름이니 땀이 많이 나는 아이를 위한 휴대용 선풍기, 목에 걸고 다닐 수 있는 귀여운 물통, 아기자기한 작은 장난감, 목에 걸 수 있는 아이 지갑. 사실 아이 지갑은 살 생각이 없었는데, 어떻게 된 일이냐면.

장난감 구경을 하던 아들이 반지를 보며 내게 말했다. "엄마 이거 사줄까?" 그 말에 내가 웃으며 "너 돈은 갖고 그런 얘기하는 거야?" 했더니, "아니, 나도 돈 갖고 싶다··· 후잉." 금세 시무룩해진 아들. 그 순간 아이에게 지갑을 사주고 싶어져서 이렇게 사주게 되었다. 그리고 지갑 안에 첫 용돈으로 3,000원을 넣어주었다. 앞으로 아이에게 차근차근 돈에 대한 개념을 가르칠 생각이다. 우리 아이한테는 엄마는 몰랐던(?) 돈 모으는 재미도 알려주고 싶고, 내년에 초등학생이 되니까 용돈 개념도 알게 해줘야지. 이 부분에 대해서는 남편과 진지하게 이야기를 해봐야겠다.

아트박스에서 평소에 필요했던 것들을 사고, 아이가 배고프다고 해서 1층에 있는 떡볶이집에서 떡볶이 1인분 세트를 주문했다. 매운 떡볶이를 혼자 알아서 잘 먹는 아이를 오랜만에 가만히 바라보았다.

그리고 다짐했다. 앞으로 이런 시간을 많이 보내야겠다고.

아이의 한마디 한마디를 유심히 들을 수 있고, 내가 아이의 말에 하나하나 다 반응해줄 수 있다. 내 아이가 어떤 마음이고 어떤 취향을 가지고 있는지 속속들이 알 수 있다. 그동안 아이에게 너무 무관심하지 않았나 반성을 하게 됐다.

저녁을 먹고 남편이 부탁한 밀크티를 사러 바로 옆 트레이더스로 이동했다. 밀크티 두 병을 카트에 담고, 아이랑 쭉 둘러보았다. 마음의 여유(?)가 있으니(남편이 부탁한 밀크티 사오기 미션 완료) 천천히 둘러보며 집에 필요한 것들을 샀는데, 아이가 물통에 있는 물을 먹다가 물통을 바닥에 떨어뜨리고 말았다. 나는 그 자리에서 아이에게 큰 소리를 내면서 다그쳤다. "이렇게 바닥에 다 흘리면 어떻게 해? 아까 엄마가 뚜껑 잘 닫고 먹으라고 몇 번이나 말했잖아. 그리고 이렇게 흘리면 다른 사람이 지나가면서 밟고 미끄러질 수도 있어. 도대체 몇 번째니."

아이는 울음을 터뜨렸다. 그리고 그 모습을 뒤에서 보던 중년의 여성분이 달려와 내게 말했다. 아이 그만 다그치라고, 이렇게 울고 있지 않냐고. 아이를 애잔하게 보며 말하는 그분을 보며 깨달았다. 다른 사람 핑계를 대면서 아이의 실수를 다그쳤지만, 사실은 다른 사람이 아니라 내가 문제였다. 멀리 있는 화장실로 가서 휴지를 가지고 와 바닥에 쪼그리고 앉아 닦아야 하는 내가 힘들어서 그랬던 거다. 다른 사람들이 보는 시선을 내가 신경 쓰느라 그랬던 거다. 아이는 실수로 그런 건데, 왜 나는 변명의 기회도 주지 않고 다짜고짜 화부터 냈을까.

정신을 차려보니 이미 상황은 벌어진 후였다. 오랜만에 여유 있게 행복한 아이와의 시간이 망쳐지는 느낌이 싫어서, 그러지 않아도 되었는데 과도하게 아이를 혼내고 말았다.

순간적인 짜증이 가라앉고 나서는 아이에게 몇 번이나 사과를 했는지 모르겠다. 어릴 적 나라면 이런 상황에서 엄마가 어떻게 말해줬으면 좋았을까, 몇 번이나 생각을 했다. 그래서 더 미안한 마음이 몰려왔다. 육아를 하면서 어릴 적 내 결핍이 아이에게 영향을 주지 않게 하려고 노력을 했었다. 그런데도 이런 순간을 만들고 말았다.

엄마는 사랑한다고 말만 하지, 정말 나를 사랑하는 게 맞을까, 아이가 의심하는 거 아닐까. 아이는 어떻게 느낄까. 나중에 아이랑 다시 이야기해 봐야지.

쇼핑을 다 끝내고 집으로 돌아오는 차 안에서 나는 아이에게 물었다.

"너는 엄마가 너를 사랑하는 것 같아?"

"응!!"

아이는 망설임 없이 바로 대답하였다.

"엄마가 평소 너한테 말하는 목소리가 어때?"

"예뻐~!"

그 순간 대책 없이 눈물이 터져 나왔다. 아이에게 이런 모습을 보여주기 싫었지만, 어리둥절해하며 나를 가만히 바라보는 아이의 맑은 눈을 보며 눈물이 멈추지 않았다.

항상 고맙고 미안한 내 사랑, 우리 첫째야. 엄마가 너한테 꼭 해주고 싶은 말이 있어.

항상 예쁘게 웃으며 따뜻한 말로 엄마 위로해줘서 고마워. 너랑 이야기하는 게 엄마한테는 힐링이야. 엄마가 자기 전 몇 번이나 말했었지? 엄마가 태어나서 제일 잘한 일이 너를 낳은 거라고.

엄마한테 와줘서 너무 고마워. 건강하고 해맑고 예쁘게 자라줘서 정말 고마워, 내 아기, 내 아이야.

엄마가 앞으로 이렇게 너와 함께 시간을 많이 보낼 거야. 엄마 아빠랑 좋은데 많이 놀러 가고 이야기 많이 하면서 재밌게 놀자. 사랑한다.

3. 엄마의 마음

나는 '내가 모성애가 있을까? 내가 엄마가 될 준비가 되어 있을까?' 그런 생각을 할 겨를도 없이 엄마가 되었다. '엄마'라는 그 무게를 견디기에 나는 아직 너무 작은 사람이었다. 그런 내가 어느새 두 아이의 엄마가 되어 있다. 인생이란 참 모를 일이다.

우리 엄마는 생활력이 강했다. 항상 무언가를 하고 있었다. 직장에서든, 집에서든 엄마는 항상 바빠 보였다. 그 모습이 나는 썩 멋져 보이기도 했다. 인생의 최전방에서 고군분투하며 열심히 살아내는 그 모습을 보고 자란 나는 엄마를 생각하면 어떠한 역경도 견뎌낼 수 있을 것 같았다. 우리 엄마가 그랬던 것처럼 나도 내 시간을 가족을 위해 또 나를 위해 나아가야지.

비교적 자유분방했던(?) 아빠를 대신해 엄마는 여러 직업을 거쳐왔다. 보험회사 직원, 비디오 가게, 도넛 파는 일, 백반집, 분식집, 보세 옷집 등등. 그 덕분에 나는 학생일 때도 엄마를 학교 가기 전과 하교 후에 잠깐씩 보는 게 다였다. 어쩌면 그래서 나는 엄마와 함께하는 시간을 많이 그리워했는지도 모르겠다.

아이를 키우면서 내가 어릴 때 커가면서 느꼈던 결핍을 채워주고 싶었다. 그때의 어린 나에게, 엄마가 된 지금의 내가 여리고 불완전했던 그 마음을 어루만져 주고 싶었다.

매일 밤 자기 전 책을 읽어주고 자장가를 불러주며 사랑한다고 말해주는 일. 비가 갑자기 억수같이 쏟아지는 날에는 다른 엄마들처럼 교문 앞에서 우산을 들고 기다려주고, 학부모 상담 때 교무실에 와서 나의 이것저것에 대해 궁금해하고 물어주는 일. 하교 마치고는 집에서 오손도손 저녁을 먹으며 그날 있었던 일을 이야기하면서 빙그레 웃기도 하고…… 그런 평범하고도 소중한 일상을 나는 엄마와 함께하고 싶었다.

성인이 되고 내가 취업을 위해 공부하고 있을 때였다. 대구에서 자취하면서 공부하던 나는 그날 고행인 구미에 와 있었는데, 자고 있는 내 볼을 쓰다듬는 엄마의 손길이 느껴졌다. 그때 우리 엄마는 무슨 생각을 하고 있었을까. 그날 밤 엄마의 손길이, 그 온기가 아직도 생각이 난다.

무뚝뚝한 경상도 아줌마인 우리 엄마를 닮아 딸인 나도 참 표현에 서툴고 무뚝뚝하다. 내가 조금 더 엄마에게 상냥하게 다가가야겠다는 생각을, 이 글을 쓰면서 하게 된다. 나는 손을 잡고 다니는 모녀를 보면 부러운 마음이 있었다. 지금은 결혼을 해서 타지에 살고 있는데, 다음에 고향에 가게 되면 엄마한테 "우리 손잡고 걸어볼까?"라고 한번 말해봐야겠다. 엄마의 반응은 어떨까? 부디 부끄러워하지 말고, 다정한 미소로 나의 손을 꼭 잡아주면 좋겠다.

가끔 주말에 우리 삼남매를 데리고 엄마 아빠가 나들이를 다녔던 일을 기억한다. 그때는 당연하게 생각했던 것들이 지금은 얼마나 고되고 힘든 것이었는지를 알게 됐다. 평일 내내 일한 우리 엄마 아빠는 주말에는 얼마나 쉬고 싶었을까. 부모가 되어봐야 부모의 마음을 안다는 말. 그 말이 새삼스럽게 와닿는다.

임신 기간 힘들었던 몸과 출산할 때의 말할 수 없는 고통.

엄마가 되어보니 엄마의 위대함을 느끼게 된다. 그래도 너희들 커가는 거 볼 때가 제일 재밌고 뿌듯했다는 엄마의 말, 나도 어떤 마음인지 이제 조금은 알 것 같다.

나는 아이들을 볼 때마다 참 이쁘다. 내 자식이라 그런지 몰라도 첫째 아이의 빵빵한 볼과 입술도 그저 이쁘고, 둘째의 납작한 콧망울도 너무 사랑스럽다. 우리 엄마도 그랬을까. 이상하게 육아를 하면서 모든 순간 엄마를 떠올리게 된다. 엄마는 나랑 다른 마음이면 어쩌지. 그런데 그런 건 아무래도 상관없다. 내가 이미 이렇게 성장을 해서 엄마의 고마운 마음을 몸소 느끼면서 살고 있으니 그걸로 다 된 거 아닐까.

아, 갑자기 엄마가 보고 싶다. 조만간 고향에 내려가서 엄마와 두런두런 이야기하며 오랫동안 시간을 보내야겠다.

어쩌면 나는 태어날 때부터 무언가를 계속 하고 싶어 했던 사람인지도 모르겠다. 세상은 내가 생각하는 대로 다 이룰 수 있는 무한한 가능성이 있는 곳이라고 생각했다. 계획 없이 의욕만 앞서서 많은 일을 마구 도전하며 살아왔던 것 같다. '일단 해보자, 어떻게든 되겠지.' 그 생각으로 다양한 경험을 하며 살았다. 이룰 수 없는 꿈 앞에서 좌절한 적도 많았지만, 그 모든 것들이 지금의 나를 만들었다.

오래전부터 내 생각들을 나열해서 적어보는 것을 꽤 멋진 일이라고 생각했다. 지금도 쓰다 만 다이어리에는 내 생각들이 빼곡하게 적혀 있다. 이불킥을 할 만한 내용도 많지만, 그 못지 않게 보석처럼 반짝이는 아름다운 생각도 많았다. 생각들을 단어들을 조합해 표현해서 다이어리에 적어 낼 때, 비로소 완성되는 문장들. 나는 내가 써낸 글이 좋아서 같은 페이지를 참 많이 읽었다. 내가 이렇게 멋진 글을 썼다고? 자아도취에 빠지기도 했다. 그 글들을 부지런히 싸이월드, 카카오스토리, 인스타그램 등 SNS에 올렸고 주변 사람들의 반응도 괜찮았다. 어떤 날은 더 깊게 빠져서 글을 써서 올리고 싶었지만, 내 글들을 읽는 사람들이 신경 쓰였다. 그래서 자제 아닌 자제도 했었다.

이젠 그 글들을 자유롭게 블로그에 쓰고 있다. 누가 보든 말든 단 몇 명만이 보는 그 블로그에 나의 생각을 펼치고 있다. 비로소 나는 자유 글쓰기인(?)이 되었다. 이제 아무런 장벽 없이 내 안의 생각들을 마구마구 쏟아내서 표현하고 있다. 그 글들을 모은 것이 지금의 에세이이다. 누군가 이 글을 읽을 테고, 다 생각이 다르겠지만 나는 이 자체로 만족한다. 내가 꿈꾸던 그 일. 나의 책을 내는 이 일에 좋은 작가님들과 함께할 수 있어서 너무 기쁘고 행복한 마음이다. 또한 계속 글을 쓰면서 이게 맞나… 싶을 때마다 힘과 용기를 준 김화영 대표님께도 감사의 인사를 전하고 싶다. 누가 시켜서 하는 일이 아닌, 정말 내가 재밌어서 하고 있는 이 글쓰기를 앞으로도 계속 하고 싶다.

함지연

2024년 전자책 〈좋아한다고 말하고 싶습니다〉(공저) 출간.
2025년 에세이 〈나는 길을 잃고 길을 찾지〉 출간.
1인 출판사 아삭 대표.
장래희망은 명랑한 독거 할머니.

나를 사랑하는 방법을
배우러 다녔어

오랜만에 카톡으로 안부를 물어온 친구의 말.

'요즘 뭐 하고 지내?'

나는 새로운 것을 배우러 다니기 시작했는데, 13주 차 강의라 꽤 오래 다녀야 할 것 같다고 대답했다. 친구가 다시 무엇을 배우느냐 묻는데, 이걸 뭐라 설명해야 할지 난감했다. 왜냐하면 수강 신청을 한 나조차 이제 매주 목요일마다 3시간 강의를 듣는데 무엇을 배우는 건지 정확히 이해가 되지 않았기 때문이다. 더군다나 요일과 시간만 보고 세부 내용은 확인조차 하지 않고 덜컥 수강 신청부터 했기 때문에 무엇을 배우는지 구체적으로 알 수 없었고, 다른 사람이 이해하기 쉽게 설명하는 건 더

욱더 곤란했다. 궁금해하는 친구에게 결국 실토했다.

'실은 나도 잘 모르겠어. 일단 기다려봐. 첫 수업에 다녀온 다음에 제대로 설명해줄게.'

첫 수업은 6월 마지막 주에 시작되었고, 종강은 9월 셋째주였다. 수업은 3시간 연강이었는데, 해가 머리 꼭대기에 있을 시간이라, 극한의 더위를 견디며 출석했다. 그리고 수업 과정과 변화, 그리고 수업 중에 찍은 사진을 담은 액자를 전시하는 전시회로 마무리되었다.

초복과 중복, 말복을 지나 저녁에 귀뚜라미가 우는 추분 무렵에야 끝이 난 수업에서 내가 배운 것이 무엇인가 하면, 화장과 사진이다. 그러니까 화장을 잘하는 방법, 그리고 사진을 잘 찍는 방법. 구체적으로는 50대 중년 여성에게 어울리는 화장의 기술과 사진 찍히기를 어색해하는 우리에게 좀더 자연스럽고 아름다운 사진을 찍어서 내일보다 젊은 오늘의 내 모습을 남기는 것.

한국문화예술교육진흥원의 지원사업으로 수업료는 무료, 재료비도 없다. 성동구에 위치한 교육센터에서 진행된 수업이라 성동구민 우대 조건이 있었는데, 광진구민이면서 아슬아슬하게 합류했고, 중도 포기하지 않을 거라는 다짐을 하고 수강 신청이 확정되었다.

수업은 출산과 육아, 경력단절로 자존감을 잃은 중년 여성들이 화장과 사진을 통해 나를 회복하고, 다시 세상과도 연결되는 프로젝트이다. 대상은 50대 여성으로 제한된다.

수업의 제목은 '매일이 리즈'.
주제는 중년 여성의 자존감 회복.
그리고 그 방법이 화장과 사진이다.
그동안, 무엇을 배우느냐는 질문에 단순히 화장하는 법과 셀카 찍는 방법이라고만 설명할 수 있었는데 수업이 다 끝나고 난 뒤에야 정리가 된다.

첫 시간에는 자기소개가 빠지지 않는다. ㅁ자로 배치된 책상에 마주 보고 앉은, 오늘 처음 만난 또래의 여자들은 자신의 이야기를 시작했다. 현재 진행형인 힘듦에 대해서도 조심스럽게 꺼내놓았다. 누군가는 이야기 도중에 감정이 격앙되어 눈물을 흘렸다. 누군가는 자신의 이야기를 꺼내놓는 분위기에 당황했다. 모집 인원은 스무 명이었는데, 첫 번째 시간에서 부담을 느끼고 하차한 수강생이 세 명.

우리는 다른 곳에서 살고 있다. 다른 도시에서 오래 살았던 이도 있다. 전업주부도 있고 이제 막 퇴직한 취업주부(?)도 있었다. 비슷한 연령대라는 것 말고는 공통점도 없고 처음 보는 사이이다. 그런데도 그녀들의 이야기를 차례대로 듣는 순간, 어쩜 우리는 이렇게 비슷한가, 놀라웠다.

우리는 모두 바쁘게 허둥거리며 살았다. 자녀들이 성인이 되어 이제 돌봄 노동에서 해방인가 싶은데, 부모님이 아프기 시작한다. 배우자의 부모까지 모두 네 명. 차례차례, 또는 한꺼번에 병환이 들고 입원과 퇴원을 반복하는 과정에서 가장 적절한 돌봄 노동자로 간택된다. 딸이니까 며느리니까 돌봄 노동에 익숙하니까 시간이 여유로우니까. 말하자면 여자이기 때문에.

성인이 된 자녀들 역시 버겁다. 경제적인 독립을 하지 못한 자녀와 함께 지내는 것은 여전히 가사 노동에서 자유롭지 못하다는 의미이다. 자기 방도 치우지 않는 자녀, 사과도 깎아 먹지 못하는 자녀, 통장에 돈이 모이기가 무섭게 써 버리는 자녀. 똑같은 반찬을 두 번 이상 먹지 않는 자녀. 설상가상 배우자의 은퇴가 시작된다. 삼식이 또는 오식이로 불리는 배우자와 집을 나눠 써야 한다. 그동안은 잠깐이긴 해도 낮 동안은 온전히 나만의 공간이었던 집이 갑자기 좁아지며 숨이 막힌다. 혼자만의 시간을 간절히 바라게 된다.

그런데 이 와중에 우리의 몸과 마음은 동시다발적으로 아프기 시작한다. 눈이 침침해지고 무릎과 허리와 어깨가 쑤신다. 폐경기를 지나며 배가 나오고 살은 빠지지 않고 피부는 탄력을 잃는다. 불면증과 우울이 닥친다. 내 모습이 나조차 밉고 마음에 들지 않으니, 휴대폰에는 온통 꽃 사진뿐이다. 급하게 사진이 필요해서 아무리 사진첩을 샅샅이 뒤져도 혼자 찍은 내 사진은 없다. 간혹 있더라도 뒷모습, 간혹 있더라도 누구에게도 보여주고 싶지 않은 예쁘지 않은 나.

처음 만나는 우리의 이야기 속에는 그런 애환이 담겨 있다. 나는 늙고 나는 여전히 없는데, 돌봄 노동이 끝나기 무섭게 다시 돌봄 노동을 시작해야 하는 슬픔. 자녀를 양육하는 동안 밥 차리는 일에서 자유롭지 못했는데, 자녀가 다 성장하고 나니 은퇴 후, 집돌이가 된 배우자의 밥상을 하루에 세 번, 또는 다섯 번을 차려야 하는 고달픔. 우리는 이야기를 들려주고 공감하며 들었다. 형제들이 모두 여의치 않아 아픈 친정엄마의 돌봄을 전담하는 누구는 고달픔을 털어놓다가 눈물을 흘렸다. 그 이야기를 듣던 누구는 덩달아 눈물을 글썽거렸다. 그 마음들을 알기에 갑자기 분위기가 숙연해지기도 했다.

수업은 화장과 사진을 번갈아 배우며 진행되었다. 중년의 나이에 맞는 화장과 액세서리 착용하는 방법, 기초제품과 색조 화장품을 바르는 순서. 스파츌러나 브러쉬의 사용법 등을 익히고 사진을 배우는 시간에는 구도와 각도, 조명 등을 배운 뒤, 서로의 사진을 찍어주었다.

13번을 배웠다고 우리가 드라마틱하게 변화하거나 하지는 않았다. 그럼에도 조금은 변화했다. 생전 처음 눈썹을 손질했다는 누구는 눈썹 라인만 정리했을 뿐인데도 훨씬 예뻐 보였다. 블러셔를 한 누구는 피부가 화사해 보였다. 활짝 웃는 모습이 찍힌 누구는 아름다웠다. 화장을 배우며 처음 시도하는 종류의 색조화장품을 사기 위해 누구는 수업이 끝난 뒤 올리브영으로 갔고, 누구는 인터넷에서 최저가를 검색했다. 평소에 전혀 화장을 하지 않거나, 화장 시간이 길어야 5분이라던 여자들은 거울 앞에 좀더 긴 시간 앉아 자신의 얼굴을 들여다보았다.

열세 번의 만남은 우리에게 또 다른 변화를 선물했다. 우리는 일주일에 한 번 만나 3시간의 이론과 실습을 함께하며 서로에게 예쁘다는 말을 얼마나 많이 했던가.

예쁘다는 말을 마지막으로 들었던 때가 언제였을까. 나는 나 자신을 예쁘다고 생각했나. 미워하고 마음에 안 들어서 누가 카메라를 들이대면 얼굴을 감추기 바빴다. 휴대폰을 만지다 실수로 셀카 모드로 바뀌며 화면 가득 내 얼굴이 보이면 화들짝 놀랐다. 에구, 참 못생기고 늙었네.

지금 내 사진첩 속에는 내 사진이 굉장히 많다. 수업 시간에 돌아가며 모델이 되고 사진을 찍어주던 순간들. 처음에는 어색해하고 쑥스러워했다가 점점 친숙해진 그녀들과 서로 칭찬을 해주고 장난을 치며 프레임에 담았던 자연스러운 장면들. 햇빛 아래에서 창문을 통해 들어오는 온화한 빛 아래에서 반사되는 빛 아래에서 참 많은 사진을 찍었고, 그중에서 가장 예쁜 사진을 함께 골라주었다.

아름다운 것들을 사랑하고 즐기면서 나 자신은 못났다고 비하하며 살았다. 남이 나를 다정하게 봐주기를 원하면서 나는 나에게 다정하지 못하고 돌보지 않았다. 나를 찾겠다고 나로 살겠다고 분투했던 나날들 속에서 내면의 성장은 이루었을지 몰라도 외면은 내버려두었다.

화장을 배우고 카메라 앞에서 좀더 예쁜 사진을 찍기 위해 반복해서 연습하는 동안. 놀랍도록 유쾌했고 즐거웠다. 몰랐던 내 모습을 발견하고 남이 보는 나의 새로운 면을 발견하는 순간이기도 했다. 이미 나를 알던 사람들에게는 생소한 면일 것이다. 수업에서 나는 리더십이 있다는 말을 자주 들었으며 입담 또는 유머를 담당했다.

유독 나를 그렇게 봐주었던 한 여자는 시부모와 시누이까지 있는 대가족의 살림을 하는 전업주부였다. 가족을 위해 30년을 헌신한 그녀는 내가 쏟아내는 이야기를 집중하고 들었는데, 혼란스러운 표정을 보니 괜히 미안해진다. 설마 나처럼 집을 뛰쳐나오지는 않겠지. 나는 내일도 그녀를 만날 건데 (13회의 수업이 끝나고 우리는 친구가 되었다), 수위 조절을 해야 하지 않을까 싶네.

내면이 더 중요하고 외모는 상대적으로 덜 중요한가. 내면과 외모 모두 한 개인을 이루는 부분인데 내면에 비해 외모의 중요성이 상대적으로 덜하다고 평가되었다. 보수적인 사회에서 기혼 여자, 나이 든 기혼 여자는 외모 가꾸기보다 가정을 가꾸는 일에 더욱 힘쓰기를 요구당했다. 자녀를 위해서는 지갑을 열지만, 나를 위해서는 선뜻 돈을 지불하지 못한다. 자녀에게는 아이폰을 사주고 자신은 보급폰을 고른다. 긴 여정이 끝나고 마지막 시간에 소감을 나누었다. 누군가 새로 산 최신형 휴대폰을 들어 자랑했다. 지금까지 자신을 위해 쓴 돈 중에서 가장 비싼 것이라고, 역시 비싼 것이 좋더라며 고백하자, 우리는 모두 손뼉을 쳤다.

겉과 속은 똑같이 중요하다. 나의 내면을 가꾸는 일 못지않게 외모를 가꾸고 돌보는 일 역시 노력해야 한다는 것. 나의 내면을 성장시키기 위한 공부와 더불어 나의 외면을 성장시키기 위한 배움 역시 놓치지 않고 꾸준히 할 것. 꿈도 소중하고 꿈을 담은 그릇도 소중하니, 그 그릇을 반질반질 닦는 일에 소홀하지 말 것. 화장과 사진 수업을 통해 내가 배운 것은 '균형 잡기'이다.

미녀 아니고
마녀입니다

13회 일정으로 진행되는 특강에 참여 중이다. 2회차 강의 시간에 강사님은 수업 중에 사용할 별명을 만들자고 제안했다. 검사를 통해 알게 된 자신의 강점과 상대적으로 부족한 부분을 이용해서 사자성어처럼 네 글자의 별명을 강의 시간 동안, 고심하고 결정한 후, 별명에 대한 설명을 돌아가며 발표하는 것이다.

과제로 미리 했던 성격 강점 결과를 단톡방에 공유했다.

나는 심미안, 호기심, 진실성, 학구열, 창의성의 순서대로 강점이다. 부족한 점은 신중성과 용서와 자비, 사랑이라는데, 앞뒤 생각하지 않고 즉흥적으로 움직이는 요즈음의 내게 신중성이 부족하다는 결과는 정확히 들어맞았다. 지금의 나는 타인의 잘못을 용서할 생각이 없다.

물론 강점은 시간이 지나고 상황이 바뀌면 변하기도 한다니, 내년쯤 다시 검사하고 나올 결과가 궁금하긴 하다.

첫 번째와 두 번째 강점인 심미안과 호기심이 마음에 들었다. 아름다움을 사랑하는 내게는 지속하고 싶은 강점이며 호기심 역시 그렇다. 호기심 때문에 새로운 것을 기웃거리며 재미있게 지내고 있으니까. 호기심이 없었다면, 7월부터 9월까지 가장 뜨거운 날씨에 대중교통으로 삼십 분 이상 걸리는 곳으로 무언가를 배우겠다고 결정하지는 않았을 것이다. 심지어 나는 고지식해서 결석할 생각은 꿈에도 없으며 꾸역꾸역 출석할 것이 분명하니까.

네 글자로 별명을 짓는 일은 어려웠다. 어떻게 해도 네 글자보다 더 길어졌다. 별명을 결정하고 목걸이용 이름표에 적고 보니 꽤 그럴듯했다. 나 창의성도 진짜 있는 듯?

결정하지 못한 몇몇 수강생은 강사님 찬스로 모두 자기에게 잘 어울리는 별명을 갖게 되었고, 오픈 채팅창의 이름도 별명으로 변경했다.

2회차 수업에서 결정된 나의 새로운 이름은, 탐구 마녀.

ㄷ자 형태로 배열된 책상에 앉은 수강생들이 자신의 별명과 별명에 대한 설명을 발표했다. 내 차례가 되어 이름표를 들어 모두에서 보여주었다. 반듯한 정자체의 글씨가 아닌 문제이기도 하겠지만, 강의실에 있던 이들은 마녀를 미녀로 오해했다.

미녀 아니고 마녀입니다.

나는 정정했다. 그런데 또다시 오해했다. 미녀가 아니라 왜 하필 마녀인가요.

국민학교에 다니던 시절의 나는 공주 캐릭터를 좋아했다. 공주가 주인공인 만화와 동화에 열광했다. 아름다운 공주와 함께 울고 웃고 설렜다. 도화지에 주름이 잔뜩 잡힌 프릴과 보석과 레이스로 장식한 드레스를 입은 공주들을 열심히 그려댔다. 그 많은 공주 중에서 가장 좋아하는 공주의 순위를 정하며 누구를 일등으로 할지 심각하게 고민했다. 마침내 아름다운 공주와 멋있는 왕자가 해피엔딩을 맞이하면 덩달아 행복했다. 공주의 행복을 축복했다.

비호감이었던 마녀를 좋아하게 된 것은, 자녀들에게 동화

책을 읽어주던 무렵이다. 세대가 바뀌었어도 역시나 두 딸은 공주에 열광했다. 온갖 공주 이야기를 딸들에게 읽어주었다. 공주계의 전설인 백설공주, 인어공주, 잠자는 숲속의 공주, 신데렐라, 라푼젤은 내가 어릴 때나 내 딸이 어릴 때나 존재감이 상당했다. 그리고 새로운 공주 캐릭터도 대거 등장했다. 아이들의 책꽂이에는 심지어 공주 백과사전까지 있었다. 딸들은 반짝이는 플라스틱 왕관을 쓰고 알록달록한 빛이 나오는 요술봉을 들고 하늘하늘한 시폰 원피스를 입고 공주가 주인공인 동화책을 읽었다.

그때 공주가 주인공인 식상한 이야기 사이에 마녀가 주인공으로 등장했다. 심지어 인기가 있어서 시리즈가 계속되었다. 그녀는 바로 마녀 위니. 지금은 20권쯤 되었을 시리즈의 첫 번째 그림책은 '마녀 위니'다. 나는 마녀 위니에게 푹 빠져서 한참 동안 소장했다. 위니 덕분에 나는 마녀에 대해 다시 생각하게 되었다. 내가 사랑하는 공주님들에게 온갖 악행을 저지르는 혐오스럽고 흉측하게 생긴 그 마녀들은, 실은 삽화이거나 만화를 그린 사람의 상상이 만들어낸 작품이었을 뿐이다. 그것을 보고 자란 사람들 머리에는 만화영화에서 본 마녀 캐릭터의 강렬한 모습만 각인된 것이고. 마치 예수님을 직접 본 사람은 없는데,

비(非)크리스천조차 예수님이란 단어를 들으면 자연스럽게 그려지는 장발의 백인 남성의 모습처럼.

마녀 위니는 긍정적이고 따뜻하고 부지런하고 뭐든 열심히 한다. 반려묘 고양이에게 다정하다. 마녀 위니를 사랑하게 되면서 다른 마녀들에 대한 편견도 마녀라는 단어에 대한 편견도 바뀌었다. 나는 마녀를 흠모했다. 마녀가 되고 싶었다. 수동적인 공주들에 비해 마녀는 얼마나 능동적인가. 다양한 재료들을 도아 마법의 약을 제조하는 그녀들은 얼마나 총명하고 창의적인가. 자신을 침대에서 일어나게 해줄 왕자를 백 년 동안 기다리는 공주에 비해 마녀는 혼자서도 자신의 인생을 잘 산다. 그녀들은 계속해서 세상에 존재감을 드러내고 목소리를 낸다.

왕자와 결혼에 성공한 공주는 자신의 정체성은 상실한 채 아내와 엄마 역할에 충실했을 것이다. 아들과 딸을 낳고, 긴긴 밤, 레이스를 뜨고 있을 동안에도 마녀는 성장한다. 거듭거듭 성장한다. 새로운 마법을 배우고 새로운 마약을 만든다. 점점 센 마녀가 된다.

그러는 동안 전통적인 여성 역할을 수행한 공주는 어땠을까. 남편을 내조하고 자녀를 출산하고 양육하고 그 자녀들이 성장한 후 빈둥지 증후군을 앓았을지도 모른다. 그 시절에는 힘 있는 남성의 일부다처제가 허용되었으니, 왕자에게는 계속해서 새로운 여성이 등장했을 것도 같다. 열정적인 사랑은 식고 이제 주름이 가득한 공주는 왕자의 젊고 아름다운 애인들을 질투하며 노년의 삶을 살아갔을지도 모른다.

물론 왕자도 공주는 마녀를 '극혐'한다. 왕자와 공주와 마녀가 살던 세계도 마녀를 혐오한다. 어쩌면 마녀의 부모나 가족도 그녀를 부인했을 것이다. 마녀는 깊은 숲속으로 쫓겨나거나 굴속에 은둔하거나 잔혹하게 죽는다. 마녀사냥은 가상 세계에서만 존재하는 것이 아니었다. 실제로 존재했다. 순종적이지 않은, 전통적인 여성의 역할을 거부한, 기존 사회의 질서를 위협하는, 그야말로 밉상인 마녀들은 산 채로 불에 태워졌다. 누구나 잘 알고 있는 잔다르크 역시 마녀사냥을 당했다. 전쟁 영웅이었던 그녀는 마녀로 지목되고 광장에서 화형을 당했다.

이제는 백설공주가 아니라 마녀가 주인공인 영화도 나오는 세상이 되었다. 나는 더 다양한 마녀 이야기를 원한다. 내가 속한 세계에 더 많은 마녀가 있었으면 좋겠다. 새로운 것들을 배우고 마법의 빗자루를 타고 하늘 높이 날았으면 좋겠다. 마녀들끼리 연대하고 함께 연구하고 함께 성장하는 세계. 상상만으로도 신난다. 나는 마녀가 되겠다. 그리고 늙어서는 마녀 할머니가 되겠다.

여행을 떠나기 전날

4박 5일 일정의 여행을 떠나기 전날이다. 7월에 예약할 당시만 해도, 남은 시간이 많다고 느긋하게 생각했는데 벌써 내일 아침이면 출발이다. 열두 시간 후, 나는 여행 가방을 챙겨 집을 나설 것이다.

여행사와 항공사의 안내 메일과 문자가 연이어 도착하고 있다. 내용을 확인할 때마다 여행이 실감 나고 긴장되기 시작한다. 항공사 사이트에 접속해서 온라인 체크인을 마치고 좌석도 배정받았다. 미팅 시간과 장소를 확인한 후, 공항버스 시간표도 다시 한번 체크했다.

전철만 타도 멀미를 하는 친구 연주에게 멀미약 구매에 대한 조언을 구했다. 몽골은 우리나라보다 교통 시설이 낙후한 편이라, 장시간 이동 중에 필요할 수 있으니 멀미약을 준비하라고 했다. 멀미약을 먹어본 적이 없는 나는 전문가에게 어떤 제품이 괜찮은지 물었다. 역시 전문가답게 연주는 자신이 복용하는 멀미약과 복용 방식을 자세히 알려주었다. 한 알을 다 먹으면, 계속 졸리고 무기력해지니 쪼개서 1/4 쪽 정도를 먹으라고 한다. 평소에 일반 감기약만 먹어도 정신을 못 차리는 체질인데, 정보를 모르고 상자에 적힌 대로 한 알을 먹는다면 하루 종일 약 기운에 취해 있을 테니 미리 멀미약 전문가에게 묻기를 잘했다. 멀미약은 두 알씩 들어 있는 것으로 두 개 구입했다.

자기 전에, 여행가방을 펼쳐 놓고 잊은 것이 없는지 한 번 더 확인할 예정이다. 크로스백에 여권도 잘 챙겼는지 확인하고. 6시 45분에 출발하는 공항버스를 타려면 일찍 서둘러야 한다. 너무 늦지 않게 잠을 자도록 노력해야겠다. 노력을 한다고 안 오는 잠이 올까 걱정이긴 하지만.

이번 여행에서 특히 신경 쓰이는 것은 옷이다. 사계절 옷을 다 준비해야 하는 여행은 처음이다. 얇고 시원한 여름 옷부터 패딩과 수면양말까지 가져간다. 사진 예쁘게 찍으라고 딸이 사준 알록달록한 무늬의 판초까지 넣었더니 그야말로 가방 안은 옷으로 가득 찼다. 옷 이외의 물품은 고심해서 최대한 줄이거나 소분해서 가져가야 한다. 핫팩까지 넉넉히 준비해서 가방은 묵직하다.

며칠 전부터 마음이 분주해져서 그날그날 해야 할 일들을 적고 지워가며 하고 있다. 오늘은 할 일이 더더욱 많은데 시간은 벌써 저녁이 다 되어간다. 가장 마지막에 하려고 남겨둔 일은 '화분에 물 주기'이다. 여름이라 흙이 금방 말라서 며칠 동안 식물들이 멀쩡하게 버텨줄지 걱정이긴 하다. 최대한 햇볕에서 먼 곳으로 화분을 옮기고 물을 흠뻑 주어야 한다.

장애가 있는 아들을 두고 집을 비우는 것은 쉽지 않다. 가볍게 나서지는 못하지만 불가능하다고 포기하지 않고 조금씩 시도하는 중이다. 마트에서 아들이 좋아하는 과자를 잔뜩 샀다. 제과점에 들러 종류별로 빵도 샀다. 우유를 빼먹어서 다시 마트에 가서 우유도 샀다. 껍질을 까기 편한 바나나도 샀다. 냉장고 한 칸을 빵과 우유와 과일을 채웠다. 냉동실에는 간편식으로 전자레인지에 데워 먹을 수 있는 피자와 핫도그를 사서 채웠다. 내가 집을 비우는 동안, 아들이 꺼내서 챙겨 먹을 음식들이다. 몇 번은 밖에서 친구들과 사 먹기도 하겠지만, 집에서 먹을 것을 충분히 채워 두어야 마음이 편하다. 가만, 아들이 갈아 입을 옷도 미리 세탁해서 널어야겠다.

전에는 집을 비울 때 딸에게 아들의 돌봄을 부탁했다. 형제 인데 당연히 누나가 챙겨야지, 라는 말을 하는 이도 있었다. 그 렇지만 동생 챙기라고 누나를 낳은 것은 아니고 챙기는 것이 당연한 것도 아니다. 냉정하게 말하면, 엄마 없이 아들이 남겨 졌을 때 그 애를 누나가 책임지고 부양할 어떤 의무도 없다. 때 로는 내게도 짐처럼 버거웠는데 책임져달라고 짐을 떠넘길 수 도 없다. 누구나 자신의 삶을 애쓰며 살아야 하는데 다른 사람 의 삶까지 얹어줄 수는 없다. 어쩔 수 없이 동생을 챙겨달라고 딸에게 부탁할 때마다 마음이 편하지 않았다.

이제 더는 동생을 챙기라고 부탁하지 않는다. 대신 아들에 게 엄마가 없는 동안의 생활과 주의해야 할 것을 반복적으로 알려준다. 서툴고, 못해도 스스로 해나가거나 내가 도와야 한 다고 생각한다. 그렇게 생각하니 홀가분하다.

일어나야 할 시간과 학교로 출발해야 할 시간 알람도 잊지 않고 설정했다. 휴대폰에서 알람이 울리면 아들은 스스로 일어 나 끼니를 챙기고 학교에 다녀와서 자기 전까지 혼자 시간을 보 낼 것이다. 엄마가 없는 5일, 잘 지낼 것이고 어쩌면 못 지낼 수도 있겠지. 그래봤자 한두 끼 제대로 못 챙기는 것이나 세탁하지 않은 옷을 그대로 입는 것이나 늦게 일어나서 지각을 하는 것 정도겠지. 그러면 그건 다시 학습하고 고쳐나가면 되겠지.

하루도 마음 편히 외출하지 못하던 시기도 있었다. 아니, 단 몇 시간도 편하지 않았다. 나는 혼자서 쉬고 싶거나, 다른 사람들과 어울리며 무거운 마음을 환기하고 싶은데 쉽지 않았다. 가족과 떠나는 여행은 장소만 바뀔 뿐 집에서 했던 가사 노동과 돌봄 노동의 연속이었다. 압력솥까지 싸 들고 가는 여행이니 오죽했겠나. 역시 집밥이 최고야, 소리를 들을 때마다 얼마나 얄밉던지.

더군다나 자신의 원가족이나 직계가족 이외의 이들과 관계 맺기를 꺼리는 배우자와의 생활은 지극히 폐쇄적이고 제한적이었다. 30년 동안 내게는 아는 사람이 늘지 않았다. 오히려 줄었다. 이미 알던 사람들은 시간을 마음대로 쓸 수 없는 나를 이해 못 하고 답답해했으며 차츰 멀어져갔다. 나는 배우자 중심의 가족 이외의 그 누구와도 여행을 해본 일이 없다.

이혼소송을 시작하고 나서야 내 세계가 차츰 넓어졌다. 낯선 곳으로의 여행도 더는 두렵지 않고, 점점 더 멀리, 점점 더 자주 떠나는 사람이 되었다. 돌봄 노동과 가사 노동에서 해방된 여행에서 마침내 여행의 즐거움을 발견했다. 그 홀가분함 덕분에 이제는 여행을 떠나고 싶어 좀이 쑤시는 사람으로 변신했다. 여행지에서 돌아오는 기차 안에서 다음 여행을 계획하는 사람으로 진화했다. 물론 아들과 떠나는 여행에서는 돌봄이 여전히 요구되지만, 압력솥 싸들고 가서 삼시세끼를 차려야 하는 여행에 비하면 얼마나 발전했는지 모른다. 아들과의 여행도 삼시세끼를 사 먹는 여행이니 그저 감사할밖에.

언젠가는 꼭 하고 말 거야, 이런 간절함으로 공책에 여러 번 적었던 버킷 리스트 중에 오로라와 별을 보러 떠나는 것이 있다. 그렇지만 오로라도 별도 너무 멀리 있어서 과연 그 꿈을 이룰 수 있을까 싶었다. 최소한 일주일 이상의 일정을 잡아야 가능한 여행. 아들을 누군가에게 부탁하지 않고서는 절대로 불가능했는데, 그것이 쉽지 않았다. 아들을 누군가에게 떠맡기고 싶지 않았고 다른 사람을 불편하게 하고 싶지 않았고 내가 끝까지 책임져야 한다고 생각했다. 나는 이 아이를 두고 오랫동안 떠나는 것은 불가능하다고 단념하고 마음을 접었다.

그렇지만 아들은 조금씩 자라고 있었다. 느리지만 성장하고 있었다. 작년에는 불가능했던 일을 올해는 해내고 있다. 아들이 성장하자 내게도 용기가 생겼다. 아들과 조금 멀어질 용기. 아들과 조금 더 멀어질 용기. 하루였다가 이틀이었다가 이제 다섯 낮과 밤을 아들은 나 없이 지낼 것이다. 그럴 수 있다.

어쩌면 한 달도 아들은 나 없이 잘 지낼 수 있을 것이고, 너무 멀지 않은 거리에서 각자 독립된 주거지를 갖고 살아가는 날도 오지 않을까.

나는 내일 몽골로 떠난다. 돗자리에 누워 하염없이 별을 볼 것이다. 오래전 공책에 적었던 별을 보러 사막으로 간다. 내 생애에서 가장 많은 별을 보며 나는 울까, 웃을까. 그리고 오로라가 있는 북쪽으로 여행을 떠나야지. 핀란드이든 캐나다이든 조금 더 먼 곳으로 떠나야지. 어디로든 언제든지 가야지.

별을 실컷 보고 돌아오는 그다음 주에 드디어 최종 선고 기일이 정해졌다. 몇 번인지 세기도 지긋지긋한 변론만 계속되던 2년 반 만에 드디어 이혼소송이 끝이 난다.

밥 짓던 내가 마침내 글을 짓는 사람이 되었을 때의 벅찬 감
정을

어떻게 표현해야 정확한지 여전히 모르겠다.

내 인생에서 가장 빛나는 순간이었음은 분명하다.

최고의 이벤트가 끝나고 난 후의 나는 나를 더 미워하고 한
심해하기 바빴던 것 같다.

앞으로 나아가지 못하는 내가, 발목을 잡는 지긋지긋한 삶
이 싫었다.

다시 글을 쓰는 사람이 되고자 했을 때.

비로소 나는 나를 덜 미워하게 되었다.

함지연

어떤 마음으로 노년기를 맞이할 것인가.

어떻게 하면 명랑하고 씩씩한 할머니가 될 것인가.

어떻게 하면 나는 계속 성장하며 나이 들어갈 것인가.

이런 것들을 고민하며 지낸다.

여전히 글을 쓰는 사람이고, 앞으로도 그럴 것이고,

이제는 책도 만든다.

나무에게 덜 미안한 책을 만들기 위해 거듭 고민하고,

플라스틱을 덜 쓰는 삶을 지속하면서.

앞으로도 이런 글을 쓸 생각이다.

끊임없이 새로운 것을 배우는 이야기.

새로운 장소를 발견하고 발을 내딛는 이야기.

아는 세상이 점점 넓어지는 이야기.

수백 번 실패해도 다시 도전하고 시도하는 이야기.

그 여정에서 만난 사람들과의 연대에 대해서도 쓸 것이다.

그들의 응원이 나를 계속 나아가게 한다.

최근 나의 새로운 도전은,

챗GPT와 미드저니를 활용한 동화책을 만들어서 아마존에서 판매하기.

온라인으로 진행되는 강좌에서 나는 최고 연장자이다.

새로운 것을 배우는 과정이 다른 수강생들보다 느릴 수는 있지만,

아무튼 해낼 것이다.

마침내 첫 번째 책이 판매되었을 때, 얼마나 신이 날까.

강사는 뉴욕에 거주 중이다. 수강생의 일부는 한국에, 캐나다에 일부는 미국의 동부와 서부에 산다.

우리는 서로 다른 시간에 온라인으로 연결된다.

이런 사소한 것들이 나는 매번 신기하고 놀랍고 재미있다.

나는 아직 자랄 수 있다.

나는 아직 잘할 수 있다.

황아라

읽기와 쓰기를 통해 자신과 대화하는 시간을 사랑한다.
낭독한 오디오북으로 〈놀면서 가르치는 우리아이 글쓰기(홍숙영)〉,
〈대영 박물관의 도적(아서 클라크)〉, 〈연기(김유정)〉이 있고,
글을 쓴 전자책으로 〈좋아한다고 말하고 싶습니다〉(공저)가 있다.

인스타그램 @hanet.h

다시 시작

2년여의 소송 끝에 이혼이 성립되자 내가 가장 먼저 한 일은 도쿄행 항공권을 구입한 것이었다. 나는 20대 중반의 3년을 일본 도쿄에서 보냈는데 그 시절의 나를 만나고 싶었기 때문이다. 대학을 졸업하고 동네 약국에서 아르바이트를 해서 번 돈으로 어학연수를 가서는 이 핑계 저 핑계 대며 돌아오지 않고 3년을 버텼다. 나는 내 삶이 뭔가 잘못됐다고 느꼈고 그 뭔가가 뭔지 알기 전엔 아무것도 할 수가 없었는데, 집에 있으면 아니 한국에 있으면 그런 돈 안 되는 고민은 할 수가 없었다.

그 고민에 대한 답을 찾는 데 20년 가까운 시간이 필요했다. 한참 삶의 기반을 다져야 할 시기를 방황으로 흘려보낸 것은 억울한 일이지만 달리 어떻게 살 수 있었을까. 그 시간 동안 내가 살았던 혼돈의 세계는 오직 나만이 안다. 그 세계는 일종의 통로였다. 부모 집을 나와 나만의 집을 짓기 위해 반드시 지나야 하는 통로. 까만 어둠 속에 온갖 유혹의 목소리가 쉬지 않고 들려오던 나의 통로에는 그래도 한 점의 빛이 있어 방향만은 잃지 않을 수 있었다.

그 통로를 처음 발견한 곳이 도쿄였다. 쉽지 않을 거라는 직감이 있었지만 답은 오직 하나였다. 이대로 계속 살 수는 없다는 것. 그때 용기 있게 통로의 문을 열었던 스물네 살의 나에게 지금의 나를 보여줘야겠다고 생각했다.

티켓은 총 세 장이었다. 나와 딸의 여권은 내가 신청했고, 아들의 여권은 전남편이 신청했다. (딸의 양육권과 친권은 내가, 아들의 양육권과 친권은 전남편이 갖는 것으로 최종 결정되었다.) 숙소는 이케부쿠로에 있는 저렴한 호텔의 3인용 다다미방으로 정했는데, 오랜만에 아들과 나란히 누워 있을 생각만으로도 행복했다.

아이들의 겨울방학이 시작된 12월 초, 우리는 도쿄에 도착했다. 숙소에 짐을 풀고 며칠간 사용할 교통카드를 사러 이케부쿠로역으로 향했다. 여행자용 교통패스나 일회용 티켓을 살 수도 있었지만, 며칠 전 초등학교를 졸업한 아들이 어디서 알아봤는지 교통카드를 사서 기념으로 가지고 싶다고 했다. 좋은 생각인 것 같아 아이들 이름을 새긴 교통카드를 만들기로 하고, 나는 바로 옛 물건들을 모아둔 상자를 뒤져 유학시절 쓰던 교통카드를 찾아냈다. 3년을 쓴 카드라 많이 낡고 휘었으며 모서리에는 작은 상처도 있었지만 그래도 카드 인식하는 부분은 괜찮아 보였다. 20년이 다 되어가는데 아직 쓸 수 있을까? 이제 그 답을 확인할 시간이다.

"20년쯤 전에 쓰던 건데 아직도 쓸 수 있을까요?"

빳빳한 새 카드에 아이들의 이름이 일본어로 새겨지는 동안 창구 직원에게 내 카드를 내밀었다. 그는 친절한 미소와 함께 3,000엔을 충전해주었다. 마치 멈췄던 시간이 다시 흐르기 시작한 것 같아 묘한 기분으로 카드를 받았다.

하루는 각자의 교통카드로 전철을 타고 디즈니랜드에 다녀왔다. 또 하루는 아사쿠사와 센소지를 둘러보고 유명한 소금빵을 사 먹은 후, 오차노미즈역 근처의 다리 위에서 한참을 기다려 영화 〈스즈메의 문단속〉의 한 장면처럼 세 대의 전철이 서로 엇갈려 지나가는 모습을 스마트폰으로 찍었다. 딸은 한국에는 없다는 프리파라 아케이드 게임을, 아들은 역시 한국에는 아직 없다는 포켓몬 메자스터를 원 없이 했다. 그 사이 사이 나는 아무도 모르게 스물네 살의 나를 만나 다시 흐르는 우리의 시간을 가만히 바라보았다.

나는 통로를 빠져나왔다. 나와보니 출구는 입구였다. 나는 내가 들어갔던 문으로 다시 나왔다. 나는 스물네 살인 것도 같고 마흔네 살인 것도 같고 혹은 그 사이 어디쯤을 살고 있는 것도 같다. 하지만 이상하게도 혼란스럽지는 않다. 나는 이제 내가 누구인지 알고 있고 더 이상 잘못되었다고 느끼지 않는다. 그렇게 완전히 다른 사람이 되어 제자리로 돌아왔다.

"만약 그때 다른 길을 선택했다면 어땠을까?"

스물네 살의 나에게 물어보았다.

"그런 선택은 없어."

"그래, 없지. 그러니까 만약이라고 했잖아. 내가 무슨 말을 듣고 싶은지 알면서 그런다."

"만약 그때 다른 길을 선택했다면 저렇게 예쁜 아이들을 못 만났겠지."

"맞아, 그 말이 듣고 싶었어."

"하지만 정말이야. 우리에게 다른 선택은 없어."

인천공항에서 공항버스와 택시를 타고 집에 도착한 것은 새벽 1시가 다 된 시간이었다. 아들은 엄마 집에서 하루를 자고 다음 날 오후 늦게 아빠 집으로 돌아갔다. 걸어서 3분 거리이니 언제든 오고 싶을 때 또 올 것이다. 깨끗이 빨래한 옷들과 도쿄에서 산 기념품들을 차곡차곡 넣은 캐리어를 끌며 씩씩하게 걷는 아들의 뒷모습을 아파트 7층에서 내려다보며 생각했다.

자, 이제 다시 시작이야.

나를 닮은 방

도쿄 유학 마지막 해에 나는 주택가 작은 원룸에 혼자 살았다. 방은 기다란 직사각형 모양이었다. 문을 열고 현관에 서면 왼쪽에 작은 주방과 세탁기가, 오른쪽에 작은 욕실 겸 화장실이 오밀조밀 들어찬 짧은 통로 너머로 가로로 놓인 침대와 베란다가 정면에 보였다. 전에 살았던 방들에 비해 넓고 깨끗하고 조용하고 안전했다.

원래는 도쿄에 온 첫해에 일본어학교에서 만난 한국인 친구가 살던 방이었다. 일본의 대학으로 진학을 준비하던 그녀가 갑자기 귀국하게 되면서 남은 계약 기간에 사용하던 살림살이까지 얹어 싼값에 넘겨주었다. 예산보다 비싼 월세에도 불구하고 얻을 수 있었던, 말하자면 나에게 조금 과분한 방이었다.

하지만 그곳에서는 지구의 중력이 잘 느껴지지 않았다. 밤늦게 아르바이트를 마치고 집으로 돌아와 적막한 방 안에 혼자 있을 때면 꼭 우주 어딘가를 둥둥 떠다니고 있는 것 같은 착각이 들곤 했다. 어떤 날은 거의 언제나 잠겨 있던 베란다 문을 열고 새까만 밤하늘을 올려다보며 더 깊은 환상 속으로 뛰어들기도 했다.

무중력의 공간에 외로이 떠 있는 직사각형 모양의 컨테이너 박스 하나. 그 아늑해 보이는 방 안에는 사람이 살고 있지만 소리도 없고 온기도 없고 냄새도 없다. 사람은 외로움과 비슷하지만 다른 어떤 감정을 느끼고 있는데 그걸 표현할 단어가 잘 찾아지지 않는다. 그 사람의 얼굴을 자세히 들여다보니 나를 꼭 닮았다. 그 얼굴은 나의 민낯. 처음으로 나 자신을 똑바로 쳐다본 나는 왠지 모르게 슬퍼진다.

그곳에서 1년을 살고 나는 예정보다 이른 귀국을 했다. 마지막 결심의 밤에는 꼬박 새워 우느라 티슈 한 통을 다 썼다. 다니던 학교에 자퇴서를 내고 아르바이트를 관두고 친구들과 마지막 인사를 나누고 살던 집을 정리했다. 가구와 물건들은 필요로 하는 지인에게 주거나 헐값에 다른 유학생들에게 팔았다. 그리고 무엇보다 마음을 다잡았다. 뿌리째 뽑혀 화분 밖으로 내던져진 식물처럼 생기를 잃은 나를 살리기 위해서는 생각보다 많은 걸 걸어야 할 것 같았기 때문이다.

그때 그 방처럼 '나'라는 방도 남의 것들로 가득했다. 남의 열등감과 남의 책임감과 남의 나약함 같은 것들. 남의 꿈과 남의 관점 같은 것들. 끝내 내 것이 되지 못하고 나를 텅 비어 있게 만든 것들로. 끊임없이 무언가를 갈망했다. 사랑하는 사람들이 곁에 있어도 외롭고, 삼시세끼 배불리 먹어도 배고프고, 쉬지 않고 호흡을 해도 항상 숨이 가빴다. 그래서 나는 늘 지쳐 있었다. 쉬어도 쉬어도 자꾸만 소진되었다.

십여 년이 지나 마침내 나는 온전히 '나'이다. 예상했던 대로 그 과정에서 많은 걸 잃었지만 애초에 남의 것들이었으니 아쉬울 건 없다. 다만 오랜 시간 내 살인 양 엉겨붙어 있던 것들을 떼어내느라 적지 않은 상처와 트라우마가 남았다. 아직도 가끔 상처들이 욱신거릴 때 나는 그 방의 전경을 떠올린다. 내가 살고 있지만 내 방이 아니었던 곳, 나의 민낯을 처음으로 마주했던 곳, 그럴싸해 보이지만 실은 텅 비어 있던 지난날의 나를 닮은 그곳을.

온 힘을 다해
내 편이 될게

　스마트폰으로 광고를 보면 2원씩 바로바로 적립이 되는 앱이 있다. 하루에 볼 수 있는 광고의 수는 정해져 있어서 다 보고 나면 100원이 쌓인다. 이 숫자에 기대어 하루하루를 버티던 때가 있었다. 너는 쓸모없는 존재야. 네가 뭘 했다고 밥을 먹고 숨을 쉬어. 실체 없는 목소리가 무시로 나를 위협하던 날들. 내가 가진 무기는 초라한 숫자 몇 개가 다였다. 나는 살고 싶어서 매일 50개의 광고를 봤다.

　오늘은 아침 7시에 알람도 없이 눈이 떠졌다. 커피를 끊고 나서 수면의 질이 부쩍 좋아졌음을 느낀다. 8시에 아이를 깨울 때까지 침대에 그대로 누워 광고를 봤다. 어제보다 200원쯤 늘어난 적립액으로 내 존재 가치를 증명하고 나니 떳떳한 마음이 들었다. 이자는 200원을 벌어 스스로의 가치를 증명했으니 오늘 하루 살아 있을 자격이 있음을 공식적으로 선포하오. 땅땅땅.

아이를 등교시키고 혼자 거실에 앉아 스마트폰 캘린더를 열었다. 어젯밤 자기 전에 입력해 놓은 할 일 목록을 살펴보다 한순간 무기력해졌다. 힘이 쭉 빠져서 손가락 하나 들 수가 없다. 동시에 아무것도 하지 않고 하루를 보낸다는 생각만으로 끔찍한 쓰레기가 된 기분이 들었다. 그래서 바로 이렇게 생각했다. 당신은 오늘 이미 200원을 벌었으므로 지금부터 아무것도 하지 않고 밤이 된다 한들 쓰레기가 아니오. 하지만 정 뭐라도 해야 마음이 편해질 것 같다면 어제 미처 정리하지 못한 택배 박스의 운송장이나 떼어내 쓰레기통에 버리시오. 소중한 개인정보가 보호될 것이니.

요즘 내 머릿속에서는 아침마다 작은 재판이 벌어진다. 내가 쓸모없다 주장하는 고발이 들어오면 온 힘을 다해 나를 변호해야 하는데, 이때 눈에 선명하게 보이는 숫자를 증거로 내보이는 것은 상당히 효과적이다. 내 존재의 가치가 겨우 200원일 리 없다는 것을 나도 알지만 그런 건 상관하지 않는다. 어떤 이유라도 갖다 붙여서 내 편을 들어야 한다. 이 재판에서 중요한 건 '내가 내 편이라는 걸 내가 느끼는 것'이다.

쉬지 않고 내달리기만 하다 주저앉은 이후로 나는 무리하지 않으려고 애써왔지만, 그런데도 여전히 버거운 날들이 있었다. 그런 날은 특히 아침이 가장 힘들었고 예전처럼 주저앉게 될까 봐 두려운 마음이 들기도 했다. 두려움은 나를 조급하게 만들고 조급함은 나를 몰아붙였다. 그동안 내가 지켜낸 일상이 한순간에 없던 일이 되었고, 뭐라도 해야 한다고 나를 다그치는 목소리가 다시 들려오기 시작했다. 그 목소리에 맞서 싸우다 보니 이런 '모닝 루틴'이 만들어진 것이다.

다행히 나는 아주 잘 싸우고 있고 다시 주저앉는 일은 아마 없을 것이다. 그런데 가만히 생각해보니 나 자신에게 미안한 마음이 든다. 있는 그대로의 나를 사랑하겠다던 지난날의 다짐은 어디로 사라진 걸까? 주저앉은 나까지는 사랑할 수 없었던 걸까?

사실 나는 보란 듯이 성공하고 싶었던 것 같다. 아팠던 만큼 보상받고 싶었던 것 같다. 바닥을 쳤으니 이제 올라가는 일만

남았다고 나 자신을 북돋우면서 한편으론 영원히 바닥에 머무르게 될까 봐 불안했던 것 같다. 지금의 내 모습이 초라하게 느껴져 못 본 척하고 싶었던 것 같다.

다시 한번 나와 눈을 맞추고 새로운 다짐을 한다. 온 힘을 다해 내 편이 될게.

　한동안 글을 쓰지 않았다. 하고 싶은 말들을 잘게 씹어 꾸역
꾸역 삼켜버렸다. 할 말 다 하고 살기에 세상은 너무 위험하게
느껴졌고 단단한 사람이 되면 그때 다시 쓰려고 했다. 그래서
이 책에 참여하기로 마음먹기까지 옅띤 고민의 시간이 있었다.
나는 충분히 단단해졌을까?

　때마침 아이들과의 부산 여행이 계획되어 있었고 오랜만에
바다를 보다 내 마음은 맥없이 말랑말랑해졌다. 경직된 몸은
고운 모래로 부서져 파도를 따라 이리저리 굴러다녔다. 하고
싶은 말들이 감옥 같은 내 몸을 벗어나 자유롭게 날아다녔다.
막연히 이제 다시 써야 할 때라는 생각이 들었다. 세상은 여전
히 두렵고 나 또한 단단해지지 못했지만 그냥 그래야 할 것 같

앗다. 그렇게 조금은 홀린 듯이 이 책에 참여하게 되었다.

다 쓰고 난 지금은 오히려 조금 단단해진 느낌이다. 글을 쓰는 과정을 통해 약함과 불안까지 나라는 것을 받아들이게 되었나 보다. 이 책에 참여하길 참 잘했다. 아마 앞으로 한동안은 계속 쓰게 될 것 같다. 자유를 찾은 말들이 그때부터 지금까지 줄곧 내 주위를 맴돌고 있다. 더 이상 할 말이 없을 때까지 멈추지 않고 쓸 수 있으면 좋겠다.

삶에 대한 옹호

* *

초판 1쇄   2026년 3월 3일

* *

지은이   강효정 박수정 이명신 이수정 함지연 황아라

편집   김화영
마케팅   어쩌면 이 책을 읽은 누군가
디자인   지완

* *

펴낸이   김화영
펴낸곳   책나물
등록   제2021-000026호(2021년 3월 8일)
이메일   booknamul@daum.net
블로그   blog.naver.com/booknamul
인스타그램   @booknamul
ISBN   979-11-92441-29-0 (03810)

* *